石在千山 著

鸡公山

让我在你怀中流浪

团结出版社

图书在版编目（ＣＩＰ）数据

鸡公山让我在你怀中流浪 / 石在千山著. -北京：
团结出版社，2021.5
　　ISBN 978-7-5126-8746-2

　　I.①鸡…　II.①石…　III.　①诗集-中国-当代

IV.①I227
　　中国版本图书馆 CIP 数据核字（2021）第 068523 号

出　　版：团结出版社
　　　　　（北京市东城区东皇城根南街 84 号　　邮编：100006）
电　　话：（010）65228880　　65244790
网　　址：http://www.tjpress.com
E-mail：65244790@163.com
经　　销：全国新华书店
印　　刷：武汉楚商印务有限公司
装　　订：武汉楚商印务有限公司

开　　本：170mm×240mm　　　　16 开
印　　张：13.5
字　　数：220 千字
版　　次：2021 年 5 月第 1 版
印　　次：2021 年 5 月第 1 次印刷

书　　号：ISBN 978-7-5126-8746-2
定　　价：56.00 元

祈祷词

鸡公山啊
我拿什么供奉你?
除掉我散养的青春
和在林间拾起的被露水湿润的
诗行

鸡公山啊
你这光明吉祥的神祇
请接纳我躯体于你脚下芳香尘土
并把灵魂
寄放

鸡公山啊
我什么也没带来
什么也带不走
我已厌倦漂泊
让我在你怀中
流浪

云腾雾绕

散落在地上的叶子

自序

"我爱这土地

——艾青

假如我是一只鸟，
我也应该用嘶哑的喉咙歌唱：
这被暴风雨所打击着的土地，
这永远汹涌着我们的悲愤的河流，
这无止息地吹刮着的激怒的风，
和那来自林间无比温柔的黎明……
——然后我死了，
连羽毛也腐烂在土地里面。

为什么我们眼里常含泪水？
因为我对这土地爱得深沉……"

艾青，一个"一生追求光明的诗人"，"太阳与火把的歌手"，我最喜欢的现代诗人之一，用他《我爱这土地》这首小诗，最能表达我写《鸡公山让我在你怀中流浪》这本诗集的情感，把他的诗放在自序开头，也是向他致敬，并感恩这块土地。

从参加工作到现在，二十余年，工作之余，写几首小诗，有感而发，聊以慰藉。岁月不居，时节如流，五十之年，忽焉而至。但我的诗歌仍显得青涩和拙劣。就像散落在地面的叶子。鲜艳逐渐淡去，碾落成泥，最终回归土地。我是这土地的一分子，对这片土地有着强烈的责任感和使命感。

"一十三景　景景是流淌的风华流年
四十八寨　寨寨是馈赠的表里河山"
这块土地养育了我，这片土地吸引着我。
我温柔的土地啊！
我沉思的土地啊！
我伟大的母亲啊！
鸡公山啊！
我离不开你！
让我在你怀中流浪！

谨以此诗向您致敬！

鸡公山简介

鸡公山风景区，系全国首批对外开放的八大景区之一、全国首批国家重点风景名胜区、国家级自然保护区、全国重点文物保护单位、国家 AAAA 级旅游区，中国四大避暑胜地之一。早在二十世纪初就已驰名中外，鸡公山得名由来已久。北魏《水经注》称"鸡翅山"距今已一千四百多年。明朝鸡公头与鸡翅山并呼，清代更名鸡公山沿袭至今。

鸡公山自然资源丰富多样。森林覆盖率达 98%，景区内负氧离子含量最高时可达 22 万 m³。素有"青分楚豫，气压嵩衡"之美誉，其中"佛光、云海、雾凇、雨淞、霞光、异国花草、奇峰怪石、瀑布流泉"被称为鸡公山八大自然景观。山上盛夏无暑，气候凉爽，享有"三伏炎蒸人欲死，清凉到此顿疑仙"之美传。

鸡公山雄踞于三关（武胜关、平靖关、九里关）之间，战略地位十分重要，山脚下武胜关是中日历史上九大名关之一，有"中州镇钥，楚豫咽喉"之称。

鸡公山是中西文化碰撞最为耀眼的地方，1903 年以后二十年，先后有 24 个国家的近千名外交官和传教士以及国内的军阀巨贾，来此兴建了 500 多幢风韵殊异的度假别墅，素有"万国建筑博览"之称。

鸡公山是南北过渡带，被称为天然植物园和中草药园，是科研、教学的天然课堂和基地，有高山气候却无高山反应，是健康疗养的好地方。

近年来，鸡公山管理委员会以鸡公山主景区为依托，立足"两区一组团"定位，放大旅游格局，全面实施"旅游 +"战略，丰富旅游产品，延长旅游链条，全力打造"一园十三景"。目前建成开放的有：鸡公山文化创意产业园、依云森林温泉、波尔登森林公园、桃花寨、平汉铁路老火车。

李家寨镇简介

 李家寨镇地处河南省的最南端，南与湖北省广水市毗邻，西南与湖北省应山县接壤，北距信阳市 22 公里，南下武汉 160 公里。总面积 228 平方公里，辖 18 个行政村和 1 个居委会，总人口 24176 人，其中农业人口 20750 人，非农业人口 3426 人。镇域南北长 12 公里，东西宽 19 公里，地处北纬 31° 51′，东经 114° 45′。地势南高北低，系深山区。处亚热带北部，属亚热带季风性湿润气候，又具有暖温带半湿润气候的特点，季风气候显著，四季分明，年平均气温 15℃，年降水量为 1200 毫米，无霜期 7 个月。本镇清末属夏凉村，1931 年属第四区（柳林），1949 年新中国成立后属第九区（柳林），1951 年改为十三区，区政府迁至李家寨，1958 年 7 月成立鸡公山人民公社，1981 年改称李家寨人民公社，1983 年改称李家寨乡，1994 年撤乡建镇。李家寨镇 1998 年以前隶属信阳市管理，1998 年 8 月划归浉河区，2000 年 7 月纳入鸡公山管理区管理。

目录

———— 1 ————

我在李家寨子等你

（一）山寨桃花之美丽的艳遇

我在李家寨子等你
我在李家寨桃花寨①桃花潭边等你
我不知这里的桃花几生几世
但我知道这里的桃花不止十里
连着亘古的仙桃石
连着荒天的草坪

山顶那淡抹的是桃花
山脚那浓妆的也是桃花
那溪潭边的几株
最为轻佻油头粉面地
对着湖面招展
太过于自恋
春水看不惯了
眉角弯了又弯
皱了一池波澜

半山腰春风拦下我
摆了好大排场
并以春天的名义将我灌醉

我是后来才知道
冲动是风最初的定义

让春花把我的芳樽斟满
让春风把我搀扶
让春雨伴我沐浴
让春莺为我伴唱
让春梦伴我入眠
就这样让我一味地放纵和透支
为得在人间四月天老去
让春来光主持礼葬
是我最后的荣光

满山的桃花和满满的心花
同时怒放肆无忌惮
没有预约
再生动的恋情也显得偶然
对待艳遇
唯一的办法是闪躲
逃之夭夭后
见到的是逃之夭夭
闪闪躲躲后
见到的是桃花灼灼

飞舞的彩蝶出门前
把自己关在精心设计的闺房
细细装扮
久久地酝酿着情感
为了般配
这段花缘
这般春天

老湾村口的白玉兰

留下了一地叹息
连跑马河②岸边的蒲公英
都白了头

我还在李家寨子等你
你若能来
该有多好

注释：
①桃花寨：鸡公山景区之一，在李家寨镇老垱村，老门村境内。
②跑马河：马河，经谭家河注入南湾湖。

（二）朝天河水之饱满的乡愁

我在李家寨子等你
我在李家寨朝天河①岸边等你
银杏亭下的老者默默地
从唐朝
就把未有的归期
推算
等待
用一条河水朝天

古银杏树②上最后一片黄叶
是送给西风的纸鸢
也是给春风的请柬
袅袅炊烟
让乡愁饱满

穿一件新买的风衣
竖领长袖
站在朝天河岸
分辨
江南的北国和北国的江南

我一直认为
乡愁属于哲学的范畴
不能拾掇
只有等候
望断的天涯路上
总是回不去的故乡

我别无杂念
等待
是另一种形态的思念

我还在李家寨子等你
你若能来
该有多好

注释：

①朝天河：发源于李家寨境内，途经东双河注入浉河，在李家寨镇境内称朝
天河。

②古银杏树：位于李家寨镇街头、卫生院门外广场，距今有 1300 余年历史，
相传为唐尉迟恭的拴马桩。

（三）撞子明月之等待的月光

我在李家寨子等你
我在李家寨撞子冲[①]等你
孝子店[②]孝子的惦记
和望父姥山[③]对父姥的守望
用的是同一轮明月
等待
用一冲月光点亮归期

上弦弯弯
是母亲的摇篮
下弦弯弯
是闺中的独看
玉盘圆圆
是孩童的名唤
三关[④]的古驿道
被皎洁 铺满
南望的楚山
总是喜欢把孤独重叠
北顾的淮水
用曲折来表达不舍

我站上带着长烟的古峰
拿着中州的锁钥
总是拿颜色
来划分河之南湖之北

为了和你撞个满怀

用十五的月圆来锁定时间
用千年的雄关来确定地点
几百个世纪
疼痛的惜别从未走远
每天用一壶酒的时间
来诠释思念

楚国长城的烽火台
芳草萋萋
兴旺寨⑤寨门的长条石
还在坚守
你是一条鲜活的鲑鱼
有着纠结的乡恋情结

我还在李家寨子等你
你若能来
该有多好

注释：
①撞子冲：又名月亮湾，李家寨武胜关村境内。
②孝子店：鸡公山东沟一侧，湖北境内广水市。
③望父姥山：武胜关东侧 3 公里，报晓峰西南 5 公里，海拔 533.6 米。
④三关："义阳三关"，连接大别山和桐柏山，形成三个关隘，即武胜关、
平靖关、九里关。其中九里关已修建为水库，名为九里落雁湖
⑤兴旺寨：李家寨四十八寨之一，在豫鄂交界处。

（四）彭家炊烟之家园的烟火

我在李家寨子等你
我在李家寨彭家沟^①等你
从龙华山^②上低矮的灌木
采撷几片神奇的东方树叶
和金银花一起
用一种庄重的仪式
冲泡
等待
用一杯清茶调色

潺潺溪流处袅袅炊烟
袅袅炊烟处潺潺溪流
烟火
在夕阳的底色上
把村庄描绘了几番
又从头顶飘来飘去
在集散中心^③　集散

铁锅与豆腐
坚硬与柔软
墨黑与洁白
在闪烁的柴火中炙变
用零碎的葱绿点缀成
春日暖阳的颜色

桌边的盘子是罗盘
盘子上的勺子把指着南

母亲的慈祥是磁场
就是在鹿回头处
也可以找到家的方向

距离越远人的离心率越小
距离越远家的引力越大
这是怎样的反比
可当父亲清晰的背影
在比远方更远的远方定格
我知道
我的心灵深处
有一个再也回不去的故乡

背包的不一定是游人
有可能是一个游子
我在登山步道徒行
寂寞在田野里游走
下雨了
我没有带伞
雨后的彩虹
是我自带的光环

前行的是匆匆过客
停留的是心中的景色
当每户挂着的一串串红色灯笼
和柳梢上的月光
把路照亮

我还在李家寨子等你
你若能来
该有多好

鸡公山

让我在你怀中流浪

注释：

①彭家沟：谢桥村境内，波尔登对面，农家乐一条冲。

②龙华山：大王、谢桥村境内，盛产茶叶，有和静砦等景点。

③集散中心：即鸡公山游客集散中心。

（五）萝裙荡瀑之山水的情怀

我在李家寨子等你
我在李家寨子萝裙荡瀑布①等你
那飘荡的一帘瀑布
掀起了
红花女②的一袭萝裙
吹动了
旗杆石③的一面幡旗
心动了
三跌瀑碧潭的涟漪

光头山④把光明顶在头上
清凉寺⑤把清凉藏在禅房
我在滴水崖⑥下仰止
等待
用一涧流水调音

在这长江淮水的分岭
大滴水
小滴水水滴
如烟
如絮
如丝
是风一贯使用的修辞

在瀑⑦下的深潭
掬一捧清凉的泉水
在我指缝滑落

是为了让时间
再来流倘一次

一直未能在你最奔放的时刻
相遇
不为低调
只因为沿岸的青檀
枝叶过于铺张
还长在我必经的路上

驿道远去了马蹄
将军点化了石隙
紫藤荒芜了屋基
高山起伏了音律
瀑布飞溅了珠玑

唐宋把古茶的遗株⑧留在这里
那是等候的标记
一杯古木新芽
是见面最高的礼仪

我还在李家寨子等你
你若能来
该有多好

注释：
①萝裙荡瀑布：即大小滴水和三跌宕瀑布群的总称。
②红花女：明末清初传说女英雄，曾与农民起义军首领张吉光共守鸡公山。
③旗杆石：大茶沟古驿道东边，相传李自成阅兵处。
④光头山：位于南田村，海拔830.3米，为鸡公山最高峰。
⑤清凉寺：中茶村境内，仅存遗址。

⑥滴水崖：即大滴水瀑布。

⑦三跌瀑：位于小滴水上方。

⑧唐宋遗株：唐宋古茶遗株在大茶沟，旗杆村境内，为信阳市市级文物

（六）云水烟雨之久违的禅意

我在李家寨子等你
我在李家寨子云水寺①等你
这里云一色
水一色
山一色
烟一色
雨一色

从顺水坡②
借一缕清风
缥缈了久违的禅意
下个拐弯处
有棵高大的拐枣
等待
用一段心经菩提

是春草叫醒了
梦的池塘

是鸣禽叫醒了
柳的河堤

是雷电叫醒了
云的泪滴

地上的草籽
在锦绣着天的紫云

天上的云朵
在描绘着地上的人生

这场及时的太阳雨
把下山的石径
冲洗的干干净净

抑郁早已躲藏
留下一地的
是淡淡的忧伤
和诗行

皇姑的坟冢③
散落的石碑字迹模糊
放生池的莲
叶子田田地舒展
准备在这个夏日
为了让你看懂
把叶染的碧绿
把花开的绯红

绿树成荫是感恩
碾落尘泥是轮回

我还在李家寨子等你
你若能来
该有多好

（七）庭院深深之老宅的窗棂

我在李家寨子等你
我在李家寨子吴家老宅①等你
杨岗②夏夜的天空
没有月亮只有繁星
眨着夜的眼睛
田野
萤火虫
提着夜的灯笼
等待
用一盏灯火摇曳

青苔
旧迹了过去的光荣
尘埃
落满了别离的窗棂
陈年
旧梦了雕梁与画栋
香桌
祭奠着最尊敬的图腾

老宅的灯火
点亮了诗和远方
石榴花开
青春着儿时的梦想
我把牛背上的短笛
换成酒吧里的吉他
弹奏的还是你最爱的歌谣

也是我一贯的腔调

门前那幅最美的山水长卷
诗意饱蘸
用的依然是最钟情的
朴素色系
冷清绕缠的常春藤
系住过往
蝉鸣
是夏日的寂寞长调
路两旁
白色的花朵
开在铺天盖地的绿色里
我怀疑是相思的卷耳

曼陀罗把牵盼布满
果实
悬钩子把香甜挂在
山边

澴水河③的涓涓细流
不舍昼夜
岸边的芦苇
任那雨打风吹
也沉默
依稀是我
蓦然回首
已是万里晴空
和三千里外的故乡
可心的归宿灵的位牌
在哪里安放

庭院深深
墙角的扫把是我的拂尘
地上的扫痕是心头的皱纹
我一直在让自己平静

群峦遮蔽着黄昏
清风虚掩着柴门
雨夜孤独着油灯
箱柜折叠着萝裙

我还在李家寨子等你
你若能来
该有多好

注释：
①吴家老宅：位于杨岗村，信阳市级文物。
②杨岗：位于李家寨镇当谷山。
③灢水河：又名灢河，发源于鸡公山大东沟，在鸡公山流域古称天磨河，注入汉水。

天下第一鸡

（八）龙袍山①坡之岩石的冷暖

我在李家寨子等你
我在李家寨龙袍山等你
迎客石旁的那棵马尾松
向你来的路边伸展
道路两边的山花
热情地都难以负担
这里每一棵草都不孤单
等待
让一片草甸斑斓

落在龙袍上的那只仙靴
应是谪仙②的那只
从青云端上掉落
空中飞来
靴底朝天
透着三分高贵
和七分傲慢

前高后低
抑或谢公③下山的齿屐
青青的子衿
需配怎样的发型
是弄舟的散发
还是迎风的后奔
是青涩的"三七"
还是成熟的板寸
不为迎合你的目光

只是我的诗歌刚刚起韵

缤纷是上一本的扉页
零乱是这一首的后记

石破天惊
带来的是怎样的沧海桑田
山因岩而嵯峨
人因骨而伟岸
冰冷的坚硬
掩藏不了曾经的炙热和柔软

云起了啊
云飞了啊
抄袭着蓬莱的文章④

风生了啊
风息了啊
我想梦回建安⑤

用一片白色的云朵
在龙顶石的左上方
留白
用一株殷红的杜鹃
在龙顶石的右下角
落款

朝阳下的神龟
任重道远
一直在跟时光陪练
暮色下的白象石

神态悠然
等待着云游的普贤⑥

在山楂树后面
藏着我最深沉的爱恋
不想让云雀发现
免得又把幽兰的心思
株连

日落月升
龙袍山石
在感悟着自然的温度
和人间的冷暖

淡定
是其最从容的姿态
沉默
是其最抒情的语言

我还在李家寨子等你
你若能来
该有多好

注释：

①龙袍山：鸡公山境内与鸡公山相对。

②谪仙：受了处罚降到人间的神仙。古人用以称誉才学优异的人。后专指李白。李白是唐代伟大浪漫主义诗人。

③谢公：谢灵运。山水诗的鼻祖。南北朝诗人、文学家、旅行家、道家。别称谢客、谢康公、谢康乐。俗称"大谢"。

④蓬莱文章：东汉时人们称国家藏书处为蓬莱山，这里指汉代文章。

⑤建安：汉献帝年号，此时文坛风格为雄健深沉、慷慨、悲凉的艺术风格，

被称为"建安风骨"或"魏晋风骨"。代表人物"三曹"、"建安七子"、蔡琰。

　　⑥普贤：四大菩萨之一，道场在四川峨眉山，又称"大行普贤菩萨"，坐骑为六牙白象。

（九）金顶道观之清净的无为

我在李家寨子等你
我在李家寨金顶①道观等你
漫长的石阶
是登山者的琴键
山涧的流水
是其最美妙的和弦
晨风鸟疾飞如箭
等待
用一段无为清闲

滂沱夜雨后的清晨
云雾从山谷升腾
逆流成河
如等待的忧伤
只是风儿
卷退的太急
裹挟走了青春和她的气息

夕阳在燃烧着群峦
回头可以看见
月光着急地走进了大殿
在殿中桂花树下
撒满碎片

瓦脊上的青蒿
摇晃着蓝天
殿门上的铜锁

隐藏着孤单
空谷里的雨露
浇灌着幽兰

在霸山②的顶上
有云必雨
验之信然

一种相守
仙风道骨
白眉长髯
一种相伴
天人合一
道法自然

金鼎香火
把虔诚极致
蓬莱仙气
把精神皈依
云阁楼榭
把自然写意

这秋的梧桐树下
细雨划过脸庞
泪水浸透衣裳
一头青牛
走在紫气缭绕的路上

我还在李家寨子等你
你若能来

该有多好

注释：

①金顶：在当谷山清水村，为道观。山下为灵山风景区。

②霸山：即灵山，有云必雨验之信然，故为灵山。山下为罗山境内的灵山寺风景区

（十）古茶沟溪之草木的本心

我在李家寨子等你
我在李家寨子古茶沟①等你
一芽如剑
指引久远的源头
一叶如旗
映照现实的美丽与哀愁
等待
用思念的脚步丈量距离

俯下身去
拾掇朝开伤感的花朵
潸然泪下
可识山上采茶的阿谁

清明雾雨
弥漫勃勃生机
古茶沟溪
有多少道路的崎岖
就有多少故事的传奇

茶与人的共生
杯与水的相逢
甘和苦的勾兑
古与今的对话
近在咫尺的守护
化作远在天涯的草木

大茶沟古木新岁唐宋的离愁
中茶沟风儿翻飞云朵的衣袖
小茶沟溪水眷恋岁月的温柔

人生如茶
甘甜从苦涩的回味中来
收获从辛勤的劳动中来
幸福从会心的微笑中来
茶如人生

在江淮的切变线
感知冷暖的交汇
植根酸性的土壤
春天地孕着兰香的高贵清雅
秋日天养着栗香的质朴悠长
渐显草木的本心

山在水的这边厮守
水在山的那边相依

三合院落
枫香树下
竹椅石碾
面朝东南
饱览
一个茶园
一溪山涧
一抹白云
一壶春天

水在壶中倒海翻江

茶在杯中云舒云卷
人在思念中挂肚牵肠

我还在李家寨子等你
你若能来
该有多好

注释：

①古茶沟：是大茶沟、中茶沟、小茶沟的统称，在李家寨境内。清《重修信阳市志》载，大茶沟尚有唐宋遗株。属于山茶科、铃木荣。果酸香味，清甜微涩，亦可入药。有清热消肿，调理肠胃之效。因嫩梢有三棱状，众称"三棱子茶"，有称"神仙茶"。更早《唐书·地理志》亦有大茶沟的记载。

（十一）武胜雄关之关隘的记忆

我在李家寨子等你
我在李家寨武胜关①等你
起起伏伏的曲线勾勒
披着藤蔓的城墙
闪闪烁烁的繁星
我用孤独仰望
等待
用一座雄关阻挡

只有剪不断的思念
没有踏不破的雄关
乡关何处
家梦何方
如铁的漫漫雄关
一转身已是五千年
我站在关顶极目楚天
大别西北望着长安
桐柏孔雀飞向东南
襟扼三江之宝地
是二龙戏珠
抑或单凤飞天

车与轨的交响
淹没了铁马金戈
鸡头石的霓裳
变换了烽火狼烟

黄帝蚩尤的逐鹿
不影响战争与文明的联袂
吴楚的夺地
不妨碍山与峰的锁连
梁魏的酣战
不阻挡风与云的缠绵

车不方轨
载着魏武帝②霸气侧漏的狩猎邀请函
马不并骑
背着杨贵妃望眼欲穿的速递包裹单
谁能体会
驿者的悲伤马的留恋

武阳　礼山　大襟　澧山　直辕③
武胜雄关
请给我也起一个怀古的名字
包含不羁的灵魂
参悟烟火的欲望
感怀似水的流年

春风啊
嫩了滠水的河柳
夏雨啊
肥了石门④的塘莲
秋日啊
黄了下榜的稻穗
冬雪啊
软了关顶的石板
大自然的冷暖色系
我早已习惯

我还在李家寨子等你
你若能来
该有多好

注释：

①武胜关：位于湖北、河南交界处，九大雄关之一，"义阳三关"之首，有"关中之关"之称。鸡公山南3公里。

②魏武帝：曹操，东汉末年军事家、政治家、诗人。其子曹丕称帝后追尊为武皇帝。与其子曹丕、曹植称"三曹"。

③武阳、礼山、大隧、澧山、直辕：均为武胜关历史上的称谓。

④石门：石门水库，景色幽，位于武胜关村。

（十二）龙华雪霁之风雪的归程

我在李家寨子等你
我在李家寨龙华山等你
是给古老不再回来的夏日
作个告别
还是为了把芳华的春日
迎接
只有下一场像模像样的雪
才能让冬进入角色
等待
让一阵北风凛冽

龙华山①的树
在寒风中站立
给和静砦的雪
些许挂牵

和静砦②的雪
在寒风中飞舞
却给龙华山了树
在冬天开花的才华

因风而起
是谢道韫③咏絮的才情
万树梨花
是岑判官④慷慨的胸襟
北风漫卷
是纳兰公子⑤聒碎的乡心

落地化雨
是大地最深沉的温存

脚步潦草
道路柔软铺垫
雪花还在空中恣意地渲染
旁边那条路边长满马尾松的岔道
到底有多远
老屋门前田畦早已荒芜
明春可否浇灌

明月照亮三关
也把龙华山的积雪照亮
白云飘向九里⑥
了却了冬雪的惆怅

火红炉火
等待风雪离入夜的归期
六棱花瓣
化作相思晶莹的泪滴
在明晨屋檐
玲珑剔透
倒悬的整整齐齐

我一路向前
向着白首天际
向着春天
走向她的花朵
和燕子的呢喃

船石沟⑦的冬日过于散懒

大王冲的溪流清姿款款

我还在李家寨子等你
你若能来
该有多好

注释：

①龙华山：位于大王境内，有茶场。

②和静岩：位于大王村境内。现存石碑有"捻匪围攻此寨十余日不破"的记载。

③谢道韫：东晋女诗人，胆识和才华都很出众。

④岑判官：岑参（715—770年），唐边塞诗人。

⑤纳兰公子：纳兰性德（1655—1685年），清朝词人，满族，字容若，纳兰明珠之子。

⑥九里：即九里关，古三关之一，现不存，拦截一水库，名曰九里落雁湖。

⑦船石沟：大王村境内，有一石像船而得名。

（十三）当谷秋润之斑斓的光影

我在李家寨子等你
我在李家寨当谷山①等你
我在秋的身后
拾起一掌掌枫叶
在九月的阳光下染色
等待
用莎翁②十四行的方式排列

我忽然忘记了
这是怎样的一个开始
站在高处
远眺
南飞的大雁
摆成
一字回头的阵列
龙颈沟③水库四周的荒野
野菊花在秋风中
招展摇曳
思念的深秋
是我胡子生长
最快的季节

摘金黄色的菊瓣
一片一片
连同晶莹的晨露
一滴一滴
入酒

在秋日深刻的典藏

来一场梧桐雨
淅淅沥沥
或许会好一些
在所有事实面前
我承认
迎风
向天包②的高处再前进一步
让平分的秋色
分别装盈我的两个衣袖
光头山的天际
深邃如海
我无法摆渡

一个人登高
过于伤感
一个人临风
过于空旷
一个人欣赏
过于饕餮

我还在李家寨子等你
你若能来
该有多

注释：
①当谷山：地域名，李家寨镇境内，临罗山县铁铺镇和湖北，涵盖杨岗、清
水、水口、新街四村。
②莎翁：即莎士比亚，英国伟大的诗人、戏剧家。
③龙颈沟：位于当谷山新街村。

④天包：位于中茶村，海拔632米。

（十四）我在李家寨子等你之最后的请柬

我在李家寨子等你
等待是最具风险的信任
等待是最执着的坚守
我还在李家寨子等你

等待是执手相看的泪眼
等待是好久不见的寒暄

等待
是桃花寨满山盛开的
美丽艳遇
是朝天河水静静流淌的
饱满乡愁

等待
是撞子冲子夜守望的
皎洁月光
是龙华山小径离人的
风雪归程

等待
是彭家沟傍晚的
家园烟火
是云水寺雨后的
久违禅韵

等待

春泽

是萝裙荡瀑布的
山水情怀
是杨岗古宅院的
别离窗棂

等待
是龙袍山坡的
岩石冷暖
是古茶沟溪的
草木本心

等待
是金顶道观的
清静无为
是武胜雄关的
关隘记忆
是当谷山秋天的
斑斓光影

时光不老
岁月静好

四十八寨①
寨寨是馈赠的表里河山
用吻封笺
琉璃满眼
大美无言

一十三景②
景景是流淌的风华流年
浮华三千

浅笑安然
汗水浇灌

等待
是潜移默化的风尚
等待
是入骨入髓的习惯
等待
是撕心裂肺的挂牵

这是最后一封
手写的请柬

这是最后一次
走心的告白

荒天草坪
森林果园
池塘稻田
驿道雄关
溪流山涧
……
这是抒情用的最后铺垫

我还在李家寨子等你
你若能来
该有多好

注释：
①四十八寨：泛指李家寨众多寨子，古时有"四十八寨"之称。
②一十三景：鸡公山现有"一园十三景"规划，泛指鸡公山美景。

鸡公山七月感怀之致青春

（1994年级新县千斤高中①同学毕业二十年鸡公山重逢）

（一）重逢

你来自潢水②之渊
我来自天台③之巅
你来自沙石④之湾
我来自吴山⑤之尖

为了这次相约
整整走了二十年
为了怕认不出的第一眼
怀揣印有九四千高格式的名片
操着一口流利只有彼此能听懂的方言

不是回来了
就是在回来的路上
不因沿途的风景太满
不因夜的灯火阑珊
是恼人的秋风把你来的路吹得太漫长
还是春雨淋湿了她的溶妆
为了告别少不更事
我把双鬓染了几缕白霜

拾起童年秋千的梦
收获少年太阳的种子
用一种叫不惑的药剂
抚平青年异动的心
别把一切都交给时间
趁青春还没走远
趁今晚星稀月满

（二）欢聚

我一直在打捞青春的碎片

并想用科技的手段

复制粘贴编辑

压缩存储隐藏……

但我一直无法打包

不是怕老的忘记密码

也不是旧的无法兼容

是我酷爱其原始的状态

零乱而不杂乱

单纯而不单调

褪色而不变色

细腻而不细心

奔放而不狂放

青涩而不拙劣

相聚与分别

用简单的方式重叠

一样的七月

你的背景

把千斤校园一角的

栀子花白

换成云中公园⑥一路的

金鸡菊黄

你的笑容

把当初的

待放的羞涩

换成今怒放的不拘小节

老去又何妨
只要初见
在你我最美的季节

（三）分别

分手时分手
给一个微笑吧
为了再次深刻
也为《给我一个微笑就够了》
一次链接

话别时话别
道一声珍重
这逝去的青春
是我无法触碰的软肋

目送时目送
挥一挥手吧
请注意幅度和定格
好让夕阳尽染云一样的颜色

来日重逢
何必太经意
时间与地点
让我采千山之石
汇九渡河⑦之水
集灵化寺⑧之气
把记忆和思念
锻铸一组风铎
挂在宝剑山口⑨
那高挑的檐角
在鸡公啼鸣的清晨

等待

有风吹来

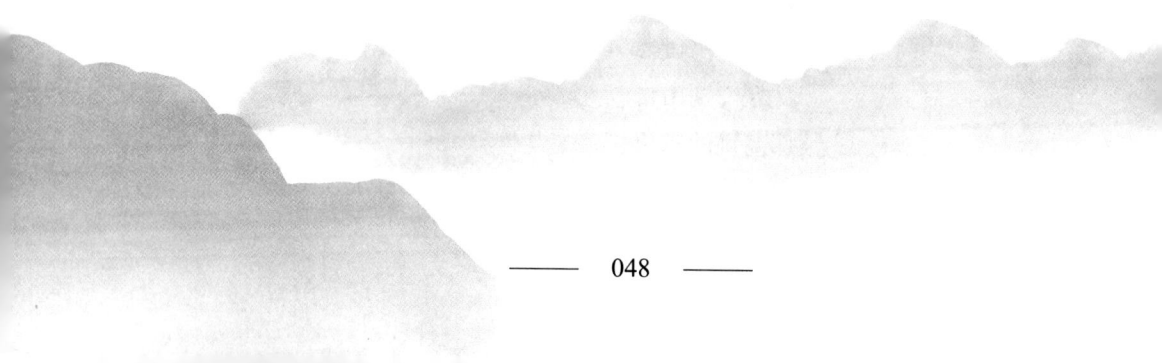

（四）追忆

见与不见
我不怪你
是换算出了问题
知道我不通物理
把重量偷换成距离
一千九百九十四千斤
写成一千九百九十四千米
再也没有人为我们
判断对错
你知道吗
那个叫"千斤"的母亲
搬家了
我还在等你
在她原来的地基
用时间换空间
是我一个人的物理

见与不见
我不怪你
是配方出了问题
五种粮食的酿造
是一种勾兑
勾兑的秘方是比例
五味人生的发酵
是另一种地窖藏
窖藏没有秘方
只是把时间交给土地

用刀背拍几段黄瓜

用醋泡一碟花生米

只要不是对影三人

那还用问是剑南的⑩春天

还是宁夏的枸杞⑪

酒醉心里清醒

是我一个人的哲理

见与不见

我不怪你

是季节出问题

南方有种乔木

圆果、红透采撷可入药

我在等待快递

北方有一种大禽

在云淡时起飞

家乡的山有大别的标记

西边有一种天气

秋雨下在夜晚的巴山

涨满的池塘要决堤

东边有一种潮汐

太阳月亮地球会同发力

发力在同一条直线

直线是最短的距离

是我一个人的勾股定理

注释：

①千斤高中：位于新县千斤乡。现在搬迁到新校址。

②潢水：淮河支流，在新县境内，又称小潢河。

③天台：即新县天台山，天台山在卡房乡。

④沙石：新县沙石镇，又称沙石湾。

⑤吴山：新县吴陈河境内，俗称吴尖山。

⑥云中公园：鸡公山的美称，因山高常年云雾而得名。

⑦九渡河：发源于鸡公山，注入南湾，行程需九渡故名。

⑧灵化寺：鸡公山报晓峰下方，为道观。因供奉一个灵字。

⑨宝剑山口：鸡公山山上大门，因旁边宝剑山得名。

⑩剑南；指剑南春酒。

⑪枸杞；指宁夏枸杞

八十九首表白的诗和一首热情的赞歌

（一）

在报晓峰的顶端
海拔 768 米的高度[⑩]
我泪流满面
潮湿的云雾吹来
天边有一架彩虹
几只飞鸟在玩耍

（二）

北岗上的别墅
在窃窃私语
很认真
不想偷听
在瞭望塔的背后
走来了
琥珀的黄昏
天空开始厌倦
逐渐喜欢夜的深邃

（三）

巨人峰
和衣而睡
今夜十分凉爽
夜莺在歌唱
是谁
给装了十多个巨大的风扇
在给鸡公山降温

（四）

梦见我是鸡公山中学的学生
刘邃真老先生教我的国文
每晚让我磨墨
他在写
《鸡公山竹枝词》
他不知道
这次穿越
我偷走了他的草

（五）

都说盘山公路
有九十九道弯
总是数不清
因为

我老在看
窗外的风景
左边一道
右边一道

（六）

每个晚上
我不敢把窗子打开
不是宿舍的房子太小
而是月光
占住许多空间
我想这个时候
谢桃园村前那条河流
也一定飘满月光

（七）

每次送她下山
我总是从北街走
因为人少
我可以牵她的手

（八）

推开
汉协盛别墅的长窗
感到莫名的悲哀

窗边的墙上
挂着
一条没洗的
花格子领带

（九）

雪晴了
在听涛亭
没有松涛的声音
上山是仙山琼阁
下山是丰饶田野
选择
是一种纠结

（十）

父亲弯曲了背
把我射向远方
母亲缝衣的线
同风筝线一样
连着岁月

（十一）

坐在耸青阁旁的
抱膝亭上长啸
山谷回音轻轻

每回这个时候
夕阳
在马鞍山背后燃烧
然后把一切都沉入黑暗

（十二）

这个夏天
我在鸡公山写给你
很多封信
我收到你的回信
已经进入深秋了
这封信
有你淡淡香水味道

（十三）

在等你的早晨
我穿一件青色长衫
不为别的
只为给诗歌押韵
和把相思回温

（十四）

昔人浴池下的
红色的枫叶
被水冲走了

啊　这自由行走的花朵
溪水啊
你有没有
考虑我的感受

（十五）

绣球紫色的绣球
开得太过张扬
是不是
因为
她是夏日
云中世界的女王
每个夏天
总是盛大而体面的开放
这个夏天
鸡公山上充斥着垄断

（十六）

站在观鸡台上
山峦的远方是山峦
云朵的远方是云朵
我的远方呢

（十七）

志气楼彩色的玻璃

在雷雨闪光的夜晚
映着夜空的光芒
不可名状

（十八）

宝剑山口
始终开着大门
走的欢送
来的欢迎

（十九）

布谷鸟叫醒了我
阳光照进了我的窗
让我猝不及防
是谁偷走了我三春的梦

（二十）

五月的鲜花
蝴蝶的翅膀
开遍了田野
鲜花掩盖着志士的鲜血
滂沱啊
是莘莘的学子的眼泪啊
滂沱啊
还有鸡公山的夜雨

颐庐巍然

滂沱啊
宝剑山的溪水

（二十一）

美龄餐厅
青藤映照着红袖
诗酒谈论着年华
云远显得道长
道长显的孤单

（二十二）

山岩边又有人在长啸
是时不我待的嗟叹
还是你灵魂的呐喊

（二十三）

月湖啊
这池春水
是我的专供
旁边的松树
很沉默
但也很骄傲

（二十四）

当整个山峦
都沉入黑暗
楚豫大地
只一步之遥

（二十五）

万国广场
梧桐树叶
在秋风的撩拨下
失去了方向
秋风累了
叶却有几许惆怅

（二十六）

你是不是
有时站在
美丽的崖边
有跳下去的冲动
我知道
那下边有森林的诱惑

（二十七）

山谷回音
我爱你
爱你
爱你
你

（二十八）

登山石碑
刻着
"登高必自迩，
行远必自卑"
在草丛里
除了寂寞
什么也不说
旁边的那株枸杞
却喃喃自语
说自己是秋的殷红露珠

（二十九）

这么晚了
谁在叩门
声音很朴素
也很悠远

（三十）

兰花香
从幽谷被风吹来
我爱她
胜过我的诗句

（三十一）

春兰
植根岩石芳草之中
散发着幽香
自我欣赏
任凭尘世说着虚空

（三十二）

我站在
江淮的分水岭
却写了一封长信
写了一封让自己落泪的信
致淮水之滨的姑娘

（三十三）

北岗的别墅群

密集而不拥挤
连通着的林荫路
时时唤醒记忆
又把记忆
藏在路边的草丛里
草丛里的紫色的鸢尾花
我以为是蝴蝶
和它扇动的翅膀

（三十四）

霞光很美
哪里燃烧着太阳
云海很美
哪里有刚下过的雨
森林很美
哪里有从峡谷生成的风
……
这些风景都很美
哪里有你在其中

（三十五）

我在红娘寨上晒月光
今夜的月光
怎么越晒越凉
通往月湖的山径
是浓密的杉树林
我要沿着小径行走

远处传来雉鸟的哀鸣

（三十六）

当飞鸟停在梧桐的枝头
我知道
这个夏天很长
当云海升起时
我想里面一定有
沉睡的水
有美好甜蜜的舌头
在琵琶寨的最高处
我用金银花花环
给你加冕

（三十七）

鸡公山啊
我的青春任你流淌
你给我诗和远方
你如此美丽
像我爱人的脸庞

（三十八）

一条曲径通往禅房
一片白云在天空游走
一盘石头在山顶打坐

一件袈裟在风中婆娑
一墙牵牛花开着紫色的花朵

心如大师
云游归来
没有骑白马
在他禅房内
挂着两副字
一副空道
一副太虚

（三十九）

这上山的路
太窄
我等着
让你先通过

我如果是花朵
一定是最快乐的那朵
我如果盛开
一定是最热烈的那束
我愿是一丛金鸡菊
盛开在五月的鸡公山
在路旁等待你的路过

（四十）

滴水崖处

溪水流浪
小鸟飞翔
青檀在追逐着梦想
在野核桃树下
散落着腐烂和即将腐烂的种子

（四十一）

梧桐树叶
从树上飘落
因为她知道
只有无畏
才有再春

（四十二）

父亲写的散文诗
是韦家沟那片
稻田
我时常梦见父亲背着我
走在田埂上

（四十三）

"滴水崖怎么走"
"前面，沿着溪流的声音"

（四十四）

鸡公山啊
你拥我入怀
让我为你吟唱写给你的诗歌

（四十五）

登山古道让雾锁了
我没有钥匙

（四十六）

通往泻红涧的路上
一片又一片
是飘零的红叶
一泓又一泓
是山沟的泉水
一抹又一抹
是金黄的夕阳
一曲又一曲
是你在歌唱

（四十七）

秋的早晨

在通往茶园路上
碰碎了早上的露珠

（四十八）

春天把花朵
不断地粘贴 复制

（四十九）

鸡公山啊
我陶醉你温柔的黎明
如陶醉爱的温存
我的诗歌过于朴素
而你的春天过于繁华

（五十）

鸡公山啊
我用诗歌将你供奉
我的诗歌除了悲伤
还有爱恋
请赐我以画笔
来描绘你山水的传奇

（五十一）

我是从亚细亚别墅林间吹来的
一阵风
我走了八万里
别问我归期

（五十二）

骆驼峰的松针
尘封了时间密码
泥土在松针下呼吸
并在鲜花开满山野时醒

（五十三）

晴朗的天空
一条通向远方的飞机云
那是天空的路
天空如果没有路
候鸟怎么飞回故乡

（五十四）

志气楼挺拔了鸡公山的高度
我的认识

还停留在鸡公山竹枝词的诗句上

（五十五）

这个今晚
鸡公山天街灯火通明
让耳边轻柔的夜风
捎给你我温柔地问候
晚安
鸡公山

（五十六）

北街那长长青石板
是谁
打着伞
穿着旗袍走过

（五十七）

鸡公山
南田那片稻田离天空最近
你的名字离我的梦最近
在梦境里
听见你唤我乳名
我已归来少年
在门口正抖落风尘
我颤抖的心

多么慌乱胆怯

（五十八）

我的心
空荡荡
像北岗年久失修的高大教堂

（五十九）

日头
从龙袍山坡那边摔下去
又从
东沟巨人峰的身后
爬上来

（六十）

还是去年盛开的桃花吗
我不敢相认
院子里　坐着
我忧伤的妹妹

（六十一）

夜已深
我无法入睡

诗也一直醒着
深夜的天空
星星并不拥挤

（六十二）

那次分手
双立石沉默
换来不回头地离开
前面道路崎岖
旁边山峰重叠
身后夕阳满天

（六十三）

你哭泣的姿势
深刻我脑海
影子失去同伴
我决定在秋天离开
我别无长物
唯一挂牵
是欠你一首
十四行的　　情诗

（六十四）

今夜
月亮掉进了月湖

我记得昨天下午
好几朵云垛也掉进了湖中
天气预报　明天有雨
这小小的湖
我担心
怎么装得下？

（六十五）

鸡公山
我将慢慢老去
但我仍然爱你
包括荒芜的原野里的
风语　流言

（六十六）

给我一面旗帜
让我在报晓峰顶上
呼啦啦地招展

（六十七）

当百日红
落下最后一朵花瓣
八仙花
开了一个夏天的流水席
鸡公山短暂而急促的夏

又要远去

（六十八）

晴朗的天空
太阳
也会掉下滚烫泪水
而溪水
在夏日依旧冰凉

（六十九）

一场宿醉
让我在鸡公山的暴风雨中
安然入睡

（七十）

此时此刻
我向你示爱
被你拒绝
又有什么
我在为你吟唱
你没听见
又有什么关系

（七十一）

鸡公山啊
我爱你
因为不为什么

（七十二）

我是鸡公山夏日的一只蝉
没有绚烂的羽翼
我的鸣叫
只为你的注意
知了 知了
你听见了吗

（七十三）

灯火出不了小院
他不知今晚的口令

（七十四）

我的泪水
汇不成河流
它渗入了泥土
浇灌那棵开满花的树

（七十五）

神话
留下太多美丽与哀愁
身体和心
真的可以化为石

（七十六）

我的故乡在山那边
一个叫谢桃园的地方
门前有一条没有名字的河流
一条唱歌的河流

（七十七）

鸡公山
我已满怀疲惫
行囊空空
让我在你怀中流浪

（七十八）

牛耳古寨
荒凉而凝重
也掩盖不了往日的气息

世外桃源

（七十九）

鸡公山啊
请接受我所有的苦难和欢乐
我所做一切
皆为取悦与你

（八十）

鸡公山啊
在你云雾蒙蒙的远山深处
有我湿漉漉的故乡
和涨满水的池塘

（八十一）

逍夏园荷花池里
雨珠在荷叶上奔跑
又跳入水中

（八十二）

在防空洞后花园
鸢尾花给春天
扎了一个又一个
蝴蝶结

（八十三）

鸡公山啊
我的存在
是为了诠释
爱你的意义

（八十四）

青春啊
我以为你同鸡公山的春天一块回来
可现在已经秋了
你还没回来

（八十五）

鸡公山啊
我把我内心最深的孤独
交给你
你却把他
像叶子一样
任其飘零

（八十六）

精神的天空

如鸡公山深邃的夜空
布满繁星
点亮我心中的明媚

（八十七）

红花女
在后来被称为红花屋基的地方
输了一场比武
却赢得了一场爱情

（八十八）

春雷阵阵
用低沉的声音
诵读着冬的遗言

（八十九）

时光　在武胜关
按下了快进键
烽烟起了
烽烟灭了
关隘得了
关隘失了
马蹄声近了
马蹄声远了

（九十）

鸡公山啊

我要为你歌唱

你这座古老的山

你这座年轻的山

你这座雄伟的山

你这座秀美的山

你这座神奇的山

你这座英雄的山……

你不是没落的贵族

你是新时代的宠儿

你有着鲜艳的面容

高贵的血统

非凡的气度

凌云的志气

伟岸的身姿

喷薄的活力

你是我心灵的归宿

灵魂的依附

生命的寄托

梦中的家园

鸡公山啊

你这亿万年前的顽石

风霜雨雪雄姿不变

你这只神奇的大鸟

你不鸣则已　一鸣惊人

你伏地万年　一飞冲天
给荆楚大地留下了
青铜的交响
世界文明的高峰
和屈子悲情的浪漫
你是天宫司晨的金鸡
下凡人间来除害
却从不回悔回不去天宫
你是凌云的大鹏
扶摇直上九万里
有着生风的翅膀
你是五彩的凤凰
在浴火中重生
你是九头的神鸟
吉兆的化身
理想的图腾
你身怀五德
文武勇仁信
头顶红冠　鲜亮吉祥
脚踏斗距　虎步生风
见敌应战　威武善斗
遇食而呼　共品共享
守信准时　报晓晨光
你傲视东方
引颈高唱
啼亮了苍穹
啼秀了淮水
啼青了楚山
啼来了叠金的稻场
流银的棉田

我赞美你

鸡公山

你是光之源

你是火　是太阳

是光　是闪电

是星辰

是灯塔

你是祝融之后裔

光明之使者

吉祥之神祇

你是热情之生命

进步之象征

梦想之希望

你燃烧吧

或荆条烧

或茅草烧

或太阳烧

或心火烧……

用躯体同溶岩一起化为灰尽

而灵魂将会永生

头戴金光罩

身披彩霞裳

你的神秘之光

把楚豫大地照亮

寄托着

美好祈福

殷切的盼望

我赞美你

鸡公山

你是山之源

群山之王

你那高耸的鸡头石

高出众山和云朵

桐柏走脉西北望

大别回首向东南

一峰起突兀

二龙戏宝珠

三关咽候地

青分豫楚

秀挺中原

或千峰

或万壑

或修竹

或茂林……

报晓峰　骆驼峰　狮子峰……

雄伟峻峭

龙袍山　光头山　望父佬山……

钟灵毓秀

将军石　宝剑石　旗杆石……

威风凛凛

狼牙石　五怪石　虎头石……

古怪嶙峋

山北雪皑皑

山南花烂漫

天留锁钥地

地拥虎豹关

劳劳车马路

冉冉烽火烟

山上僧住何年寨

山下人耕古战场

你是父亲的坚实臂膀

你是母亲的丰满乳房
你这大地的赤子
承载着
屈辱和苦难
骄傲和荣光

我赞美你
鸡公山
你是水之源
众水之母
孕育了水的秀美灵气
你哭泣的雨水
浇灌着诞生的生命
你滂沱的夜雨
伴随爱国学子的滚烫泪水
山中一阵雨
林间百重泉
㵐河入汉水
九渡进淮渊
或林间溪
或石上泉
或滴水瀑
或秀女潭……
直泻九天　琉璃四溅
蜿蜒曲折　清冽甘甜
滴水成冰　冰挂倒悬
云雾缭绕　飞霞如烟
你云谲波诡莫测变幻
你底蕴厚重丰饶富足
滋养着
江南的北国

北国的江南

我赞美你
鸡公山
你是风之源
冷暖交汇处
江淮切变线
峡谷深平
走廊生风
莺飞草长
你是森林的庞大呼吸
或轻柔
或莫测
或叱咤
或凛冽……
仪态千姿
风情万种
午前如春　午后如秋　夜如初冬
一天展现四季
你在《诗经》的田野里咏叹
你随荒草在鸡头石上起舞
你伴白冠长尾的雉鸟歌唱
你让颐庐的前庭后院满地玉兰香
你送山顶的云朵去远方流浪……
孕育着
这座蓬莱仙山四季的多彩
这块桃园福地三伏的清凉

我赞美你
鸡公山
你是茶之源

你出产神龙品尝的百草
你是李时珍的中草药园
唐宋的遗株
是从南方来的嘉木
来自远古的种子
承载着高贵的传承
在云雾蒙蒙的高山
焕发着勃勃的生机
"唇茶"是茶女与春的热吻
"三棱茶"让夜更加沉醉
采撷于雨前
冲泡好春天
或石之缝
或峰之巅
或松之下
或溪之边……
烂石出上品
云雾生贡珍
清泉煮芽尖
让水在苦涩后回味甘甜
让人在守拙中习惯平淡
让心在忘机时距离缩短
忍受着
严厉的霜雪冰冻
为了更好释放春天

我赞美你
鸡公山
你是建筑之源
万国博览
水榭听香

亭台别致
楼阁大方
或灵巧
或雄壮
或素雅
或堂皇
突显中西迥异风格
共享和谐人文自然
点缀万绿丛中红妆
座落在奇山险峰之间
依靠于秀水名坻之畔
奏响幢幢凝固的交响
玉楼重辉，
佛光再现。
谱写着
动人的音符
绚丽的篇章

我赞美你
鸡公山
你是梦之源
我愿是你奔驰的骏马
我愿是你飘扬的战旗
我愿是你冲锋的号角
我愿是你苦行的僧尼
我愿是你守关的兵卒
我愿是你风尘的行者
我愿是你耕耘的铧犁
鸡公山啊
请接受我的膜拜和祈求
并把我的名字呼唤

我要为你开启山林
那怕赶着破旧的柴车
穿着褴褛衣衫
我要为你的腾飞
化成隐形双翼
我要为你的复鸣
奏响声声柳笛
我在想已哪种姿势入你梦中
或双翅熊
或庄生蝶
或梦为马
或生花笔……
鸡公山啊
枝头鸣雄鸟
天马踏飞燕
起舞闻荒鸡
适逢盛世
再续华篇
追逐着
时代的脚步
复兴的梦想

鸡公山啊
你是我长夜不熄的灯火
你是我翰海苦渡的舟辑
假以时日
你雄风再起
金鸡复唱
山花似锦
梦中景象
身世百年

繁华落尽

夜深起舞

华丽转身

玉兰高洁　杜鹃芬芳

金菊浪漫　八仙端庄

樱花热情　紫薇奔放

活佛禅寺的银杏叶如金色的蝴蝶

南岗的红枫如燃烧的火场

泻红涧的桃花如天宫的霓裳

百鸟合唱

百兽齐舞

百花仙子带领众神把鲜花撒播

所有神灵都将出场

并穿上节日的盛装

这是名山的兴盛大典

华美的曲水流觞

鸡公山啊

我热爱你

我热爱你的森林与草甸

我热爱你的月华与阳光

我热爱你的寨垛与关隘

我热爱你的山川与溪流

我热爱你云雾的海洋

我热爱你死亡的微笑

诞生的啼哭

生长的力量

我热爱你的来世今生

我热爱你迷人的风景

动人的传说

苦难的辉煌

我热爱你超过热爱自已的生命
无论风雨飘摇云雾弥障
我的热爱流进血液深入骨髓
让我把你赞美
让我把你歌唱
让我为你写下这首热情洋溢的篇章
我亲爱的母亲
我亲爱的鸡公山

月形的湖

月形的湖
用月亮命名的湖

我试图从岸边的美色
突围

红娘寨落下的　　　露珠
是眼角的一滴盐水　　　不咸不淡

我扔下一支笔
作锚

山洪来了
开闸放水　　　也在释放
苦衷

起雾了
在通往报晓峰的石路上
树立一个
可以反射的镜子

我从镜子里
看到了
月亮
还有如水的悲凉

朦胧的记忆
——府苑山庄夜读《海蓝》

从新西兰激流岛来的
激流
掠夺我对秋天最后的记忆
新西兰海底最红最亮的珊瑚
是沉睡在南半球海岸线
最美丽的孤独
化为刻骨铭心的记忆

圆顶高帽
在燕山的山顶早就被风吹落
你门口停泊的船还有帆
朦胧的再也看不见
只留下你写下的诗篇

你的诗篇
在我床头
好久没看
而梦中
躺在家乡的原野
望着天空

注释：

①海蓝：顾城自选诗集 顾城（1956—1993），中国朦胧诗派重要代表 被称
为当代"唯灵浪漫主义"诗人。

纸艺

清闲时
折叠了
一串风铃

推窗时
我陪着你
在看风铃
和被风铃装饰的风景

打开窗子
让忧伤透透气

窗外有一株高大的青檀树
叶子婆娑光影摇曳

青檀树
你好

如果

那天清晨
朝阳下
我一定会吟唱
那首清新亮丽的歌
如果不是
你从我身边走过

今天夜晚
孤灯下
我也许会写下
荡气回肠的诗
如果不是窗外
下着雨

夏日的风

刚刚触摸
便感受一种温存
我是否可以用你
来诠释爱情

山顶的雾散了
峡谷深处又泛起了云海
迎面的吹的潮湿
是突如其来的
挚爱

怎能无动于衷
当风情展示到
第一万种
这是夏日鸡公山的风
风儿吹着
鸡头石的岩石
和茅草
也吹着我的灵魂
在山谷荡漾

爱情是本精美诗集

爱情
是本精美的诗集

如果
有一天
你偶尔发现
我们恋爱了

这只是
我们看到的
她的
彩色扉页

北街暮色

潮水

（一）

潮水无家

（二）

我的泪是无家的潮水

（三）

心胸似海
心境如潮

（四）

海潮过后
大海把贝壳失落。
心潮过后
心把什么失落？

我的原因

墙角的蟋蟀
在梵音里
完成灵魂的超度

我想莫奈花园的睡莲
用不同的姿态
来排解忧伤
但是诱惑
几经辗转

不是风不好
是我的原因
明年
阳光明媚的夏
可不可以还我
一个充满鸡血的
青年

电话

号码
时间
是否是你值班?

你拿起了
我却拿不起
我害怕
这细细的线儿
难以负担
语言

你放下了
我却放不下
你在电话那端
我在电话这端
指示灯灭了
我收获忙音一串
心里的船儿停泊
在你静静的温柔港湾

逍心池樱花

逍心池的残荷
还沉醉梦中
春风已吹过南岗的山坡
四周的樱花
还是去年的旧模样
在春日的暖阳里
盛开
飘落

白玉兰花

靳家门前的小径
有数十株白玉兰
早春盛开
是我最喜欢的颜色

是冬未化的雪花
是白鹭落在枝丫

傍晚时分
我从路上走过
玉兰树盛大地开放
也在零星飘落
落在地上
是一地花瓣阻挡了归程
不是我改变行程

荒天坪

一边是从未提起
一边是从未忘记
天坪山　　我来了
在这个秋季

一直是青分楚豫　　青分易
一直是平分秋色　　平分难

荒天草坪
我有选择恐惧症
我是站在靠北的一侧
还是站在靠南的一边
山夜
西人浴池
长满青草
青蛙在鸣唱
今夜是他的主场

我借着路灯的微光
投入池心
一枚石子
换来片刻的
宁静
青枫树下吹来一阵轻柔的

我站在志气楼顶

（一）

春天来了
对面的鸡公头
长满芳草
夜晚的宝剑石闪闪发光
月光怜我啊
我更怜月光

在楼顶中午了
还在深刻体会早春的寒冷

远处的活佛禅寺
供奉着
出世入世的烟火
响彻着
阴阳分割的钟声

山谷
云涛凶猛
把山峰变成大海中的岛屿

（二）

石栏边的黄荆条
她的梦想是高出一般灌木
在北岗的高地
我思考了一夜
我给自己起了个名字
石在千山

（三）

靳家的高楼
楼角指向斗宿和牛宿
云海在石阶停下升起
山水放在眼中
秀色揽入怀中
我的酒还未醒
让我依偎一下
早春的栏杆冰冷
哪怕
独自一人

（四）

打开窗子
请进月光
放走忧伤
我却看见
月亮受伤
我又忧伤

云水暮春

春风
太粘人了
这场别离
走了很长的路
距离让暮春更美丽

那一朵像雄鸡的云朵
走了好远
是谁燃起了村里的炊烟
杏花开了
杏花落了
和雨一起

蒿草茂盛处
云水一色
一泓清泉
流过枫林　竹涧

山路

二道门附近的春色
十分饱满
饱满地如你的乳房
却让我想起了
那次分手

过了这道山梁
过不了离伤
我一遍一遍回头望

路边的那一丛丛白花蓼
还是一幅盛装的模样
南北街
南街把青石挖起
北街也是
大理石是光滑
混凝土是摩擦

房子在自然生长
比报晓峰傲骄
楼缝的阳光
在舔舐伤口
自己却沾了一身
鲜血

普济泉　一直在普济
从民国流淌来　冰凉
没有悲哀

可否有另一种结局
我在假设
假设很美好

你的名字

那一天
天空下着雪
我在姊妹楼的石板上
用手指写下你的名字
雪越下越大
将其掩盖
如一场阴谋

阳光将雪融化
雪水流入泥土
连同你的名字
我再次用手指写下你的名字
第二年
土地醒了
结流子从里面爬出
我在那松软的沙土上
用手指又一次写下你的名字
要不了多久
名字又消失了
这里盛开了一片
美丽的花朵
美丽如你的名字

土地

这片土地
我用阳光
赋予她惊人的含义

火山最后的温度
和体温差不了多少

山谷的风
用自由的方式呼吸 很庞大

森林的夜
用黑色掩藏诱惑和情欲

我躺在你怀里 沉睡
收获你带来的
欢喜
和母亲的气息

梦

（一）

梦是青鸟
有一双翅膀
会飞
留也留不住

（二）

梦是云雾
有一对唇
会吻
躲也躲不开

（三）

梦是蜘蛛
有一张网
会绕
理也理不清

雨下在 103 号别墅

昨夜 雨
今夜 雨
风儿失了眠
床头那几本散乱的书
也不肯
睡去
失眠的有我
也有 103 别墅的夜雨

晴不好的天
带来的不仅仅是雨水泛滥
铿锵的雷声
演奏夏夜雨的交响

灯下
是谁写给谁的
思念
窗外
又是谁滴答着谁的
忧伤

禅院的早晨

院内的晨钟
为了响的更远
用墙上的牵牛花的喇叭
传递

禅房的梵声
为了内心的那朵盛开的莲
用 108 颗念珠来纯洁
习惯

太阳出来了
照亮了放生池里
浮萍的身世
禅院的钟声
叫醒了鸡公山的早晨
也带走了鸡公山的早晨

坦白

我的欢乐是小草的欢乐
我的悲哀是候鸟的悲哀
我的孤独是灯火的孤独
我的伤痛是灼酒的伤痛
我的梦想是池塘的梦想
……
我坦白
这一切都无所谓
我只是有一点
淡淡的忧伤
因为我喜欢上了
家住淮水之
金鸡菊
五月
当金鸡菊花开成路的指示标志
游人在路边停留
自拍
早夏
被拍得过于丰腴

我的疼痛
像砌石护坡张开的缝隙
何以疗伤
我在开满鲜花的原野
想起那个五月

走在灵化寺的路上
一面旗子
拿在手上
丈量着历史与现实的距离

一个证件
挂在胸前
是我的话语权

道路湿滑泥土松软人多口杂
窥星台看不见星星
不是每一次相遇
都是我喜欢的风景
在梦的云海边
在亚细亚别墅的小径
除了松树没有我熟悉的同伴
青鸟飞走了
也带走了羽毛
和一粒种子

云变幻着千万种姿态
并在囤积雨水
我走到叫作岸的岩边

轻风吹过
海啸
如期而至
被雾水泡过的种子
裂开了
我看到了它的内脏

感悟

如果你一再地追问
爱情的因果
我恐怕无法回答
花开亦华美
果实亦朴实

白天的天空
是忠告
夜的天空
是承诺

行者
我把美好放在前面
我把悲哀放在身后
在前行的路上
偶尔回头
也只是同他
做个告别

我知道
他一直跟着我
只是后来脚步
越来越慢

其实

我的悲哀很痛但很短
我的忧愁很淡但很长

关顶的张望

楚山
在远望着远方的楚山
空旷的山谷
寒气逼人
雪后的晴天
让土地回湿
白云从九里落雁湖飘来　好几朵

是谁在望父姥山
把瞭望化成剪影
把身躯化为石头
我反复吟诵
带着芳草的诗句

残雪未获得春的怜悯
是他的宿命

月湖漫步

天空下着雨
月湖收下许多礼物
没有一个是我送的
在下午二点晴了
我在月湖岸边
孤独在奔跑

赤着脚
走到路的尽头
是谁给我预备了
考场

云中花开
这一年夏天
深色的夏天
从宝剑山到报晓峰是
盛开着八仙花
同时盛开的还有
紫色的绣球

天空赤裸
步行在夏天的云中公园
风朝同一个方向吹
是在煽情

山桃花

每一朵花
骄傲的盛开
骄傲的零落
盛开的是外表
零落死亡的也是外表

鸡头石

站在鸡头石顶
靠近崖边
等待云海出现
白云堆起的雪山
很容易
一次又一次雪崩

山下森林
有饥饿的野兽
石头脚下有苔藓

突出的岩石一直很矜持
没有理会
身边路过的云朵
和一直盛开的花朵

如果
悲伤过后还是悲伤
那么
让歌声嘹亮
让脚步铿锵

葬礼

请让你的土地把我埋葬
无须墓志铭

我喜欢自己的坟前的风景
虽然无限惆怅
虽然无限荒凉

一条路
来自远方
一条路
又指远方

我没通知任何人
我已把自己埋葬

老火车

这是一趟空间长途
承载着眼泪和荣光
在武胜雄关
推翻了车不方轨马不并骑的命题

这是一趟时间慢车
从北平开来开往汉口
从汉口开来开往北平
从日出开往日落
从日落开往日出

在这个叫辛店的地方停靠
带着晚清旗袍的风姿
卷起民国历史的尘埃

站台模糊
背影也模糊

背对背近
面对面远
在茫茫人海中擦肩
记得最早一次擦肩
是在 1902 年的午后

老火车

我的车票已过期
留下暗黄的汗渍
我的情怀青春常驻
永不落败

我长长的记忆
在两边的芳草里扎根
有些内敛
你甜甜的微笑
在两边的芳草里盛开
过于荡漾

不知到哪里到何时
与你并轨
一直在诉说
一直在倾听
一百多年
不算太老

每一次到达是启程
又投入另一个陌生
从泥土的原野
到钢筋的森林

一直在延伸
一直在追随
两条平行的铁轨
一个孤独的背影
和远方和暮色
一起仓皇

心路
——致乡镇扶贫工作者

没有担当 没有责任
再虔诚的身段也是虚伪的走秀
你把真实写在纸上
你把真诚放在心上

你来自基层
你走在基层
你就是基层
因为你是基石

你走田间的小路
你坐在老乡院子里的椅头
你三步并两步走到床边
握着青筋的手
你挥一挥衣袖
看到期盼的眸
你查了一下山坡的羊
你点了屋后牛
又算一下秋后的收

你今天起得很早
是因为觉得来太晚了
你今天回去的有点晚

是因为你觉得再美的鱼肚白
比不过落日红

这是一场没有硝烟的战斗
从三军之帅到马前之卒
当年的淮海战役用的是老乡的推车今天的攻坚用的是
党员干部帮扶

2020 少了一户
梦就不完美
2020 落了一人
家就不完整
乡间路最矫健是你的脚步
阳光下
最亮眼的是她胸前的党徽

不忘初心　我是一个扶贫人
勇于担当　你是一个攻坚的兵
绵帛之力　他有一颗为民的心

梦一定会实现
用你的心作太阳
用我的汗作雨
一步一个脚印
写下你我的心路历程

耸青阁①

耸青阁
耸青阁
巍峨的耸青阁

耸青阁
耸青阁
我的耸青阁

从耸青阁通往肖家大楼②的小径
是孤独的
通往卧虎楼③的那一条
也是
从狮子峰和无名坡流淌的
两条饱含忧愁和哀伤的溪流
在耸青阁的门前
变成了快乐的模样

天晴了阳光映照着云朵
也映照着狭长的彩色的玻璃和
天蓝色的门窗
雨后从土地里升腾的
是泥土的芬芳
也如你的体香

藤蔓缠绕

残石散放
是抱膝亭悲伤的标志
其实日子远比想象的要乐观
风景在你门前游走
历史在我筋骨和脉络间穿流

墙跟那三株金黄色的忽地笑
盛开着
很美丽

注释：
①耸青阁：位于避暑山庄，建于 1919 年．
②肖家大楼：位于避暑山庄，湖北督军肖耀南于 1921-1924 年。
③卧虎楼：位于避暑山庄，建于 1922-1924 年。为肖耀南同僚杜节义所建。

夏雨午后的南田

对面有一座山光头山
山上有一个村叫南田
一缕又一缕白云
如线如带
起伏勾勒着雨后的
群山

云海升腾
我无法走水路
我的船
在夏日风姿里
迷了路
在夏日云海里
搁了浅

这个下午
风从不同的方向吹
这个下午
稻子在开花
稻子在抽穗
这个下午
白色的鹭鸶在飞舞
这个下午
绿浪在翻滚
这个下午

成长是快乐的

在这喝下午茶的时段
紫薇还在把夏日的缤纷
渲染
蝉
在那一簇簇低矮的栎树林里
一键开启了
单曲循环

这个下午
我还是个孩子啊
日头哟
你慢点儿落
我愿拿我最喜欢的玩具
和哥哥给我做的滚铁环
外加五个彩色弹珠
跟你交换

马歇尔楼

马歇尔楼
风格十分俄罗斯
名字却很美利坚
曲径的石条
高配着民国的野草

回廊很阔
很有派头
也很有思想
可以看见
写在《水经注》里的
那只雄鸡的翅膀

别墅也好
亭阁也罢
却在云里雾里
浸泡

这冰凉如水的月光
照在后院的圆桌上
月亮很圆
桌子也很圆

沏一杯信阳毛尖
不行

酽茶容易走近夜的清醒
开一瓶红酒
也不行
红酒容易诱惑夜的色情

我只要陈酿一坛
酱香的可以或者
浓香

注释：

①马歇尔楼，位于鸡公山逍夏园的山冈上，1910年俄国商人所建，因1946年1月，马歇尔参加宣化店国共谈判，拟登鸡公山，准备下榻于此，故得名。

②《水经注》，中国古代地理名著，作者是北魏晚期郦道元，因注《水经》而得名。

窗外

窗外
这晌
是海子①的麦田
现在
流转给了石在千山②

注释：
①海子，当代著名诗人原名查海生（1964--1989）。
②石在千山：作者笔名。

五月天

鸡公山
五月天
你如此美丽
那阳光照耀的岩石
和远方的稻田
我在唱一首关于山川，
溪流的诗篇
只有你在倾听

这一首是
叙事的长诗
有着抒情的色彩

这首诗
与烽火狼烟的武胜关有关
与飘满月光的朝天河有关
与台子畈秋天辽阔稻田有关
与生命的诞生的啼哭有关
与红花女的爱情有关
与梦中的那匹马有关
与希望的飞鸟有关

雨中

我拒绝屋檐和大树
我拒绝伞和雨衣
我拒绝泪水
和回忆
却无法拒绝雨滴

光头山

我是山神的长子
我是孤独的剑客
我是行吟的诗人
我是无家的浪子
我用你的落叶和松针的浮土
埋葬我诗歌的尸体
而我的魂魄
夜夜归来

那夜

那夜
我听懂了风的声音
清辉的明月下
鸡公山早已入睡
我游走夜的深处
寻找迷路的灵魂
森林里有朽木和磷火
壁炉的火一直燃烧
在路灯下面
我的影子显的细长突兀

揽云射月楼

在岩石上生长
向天空舒展
与峰峦深壑
相伴烟霞

直射苍穹
苍穹大度
在夜色里把你凝固成悲凉的个体

昨晚的误射
是一支长长鸦翎羽箭
选择了我最柔软的两根肋骨
斜插了我的
左心房
右心室

揽云射月楼
难道你要射下月亮吗
鸡公山的夜
已经很冰凉了

在这月朗星稀的夜晚
揽云射云的楼
从抒情出发
仰望星空的我

用呐喊结尾

樱花盛开时节

我喜欢你红色的发带

我承认
我喜欢你
喜欢你红色的发带

爱恋
因为羞涩
在风信子下面
变得芬芳

你的
我喜欢的红色发带
飘动起来
秀发显得格外光亮
起风了
春风从武胜关顶吹来

请你忘记

请你忘记我姓名
忘记所有
忘记开始和结束
就当一切不曾发生
那柄折叠的太阳伞下
藏着最美丽的绝望
将来 也许
 会有人
记起我的诗句

以为

总以为走向远方
自己便会成为风景
却忘记把满腔的心事
系在你窗前的风铃

总以为爱的刻骨铭心
就看不见伤口
却发现时间
止住了血　止不了痛

总以为清澈的眸
饱含高洁的多情
颤抖的睫毛下
每一颗泪珠
都支离破碎

当你我分开

当你我分开
清晨　我站在树下
成为它的影子
再也不敢走曾约会的小路
中午　行走在闹市
一切变得安静
道路悠长
晚上　我看见灯火的孤独
三百平方公里的云中公园
到处是你的眼睛
湿润而明亮
无法逃避

渐渐地
你的背影
遥远而模糊　并且我已
习惯了悲伤
习惯了没有你的日子
习惯风的无精打采
习惯阳光的昏暗
习惯报晓世纪钟声的沉闷
习惯花朵有气无力地盛开
······
但我仍然爱着你
当你我分开

日记
谱一曲心的音韵
摇动童年秋千的梦

开一块心田的土地
播下少年太阳的种子

写一首拙劣的小诗
抚平青年异动的心

不问收获　只问耕耘
一路前行
为了心中有向往的远景

蓦然回首
这一页一页的文字
是我散放的青春

鸡公山旅游大道野樱花

忍受一段枯燥时间
和风中冻雨
走过一道艰难假设
和没有开花的树林
用加黑加粗曲线描绘

旅游大道
收拢了翅膀
做出腾飞姿态
来迎接春天

道路两旁
春天的野樱桃
在种植使命
开放盛大
归纳着春天的主题

每个拐弯处
隐藏新一轮惊喜
相互攀比地都无法对称
是两边的美丽

绚丽的野樱桃花啊
我想知道
昨夜那个起风的夜晚

春风在你身上做了那些美妙事情
今天的铺张　摆姿和书写
是昨夜含羞绽放

你的美颜
生动而活泼
赐给我以高度自信
以致过度使用和静砼的晨曦
那个晨曦
曾照耀过我喜欢姑娘的红色发带

冬的残山瘦水
岩的老干枯枝
被装扮地饱满丰盈
旷大高朗

站在地老天荒的草坪
我的脑海呈现
夜晚明朗的繁星
平静海面闪亮碎片
去年大王冲雪花的舞蹈
洋溢幸福笑容新娘子的粉红脸庞

群峦在燃烧
是昨夜激情野火
从山脚向山顶蔓延
蔓延到开满云朵的天边
火焰的暗褐灰烬
在佐证
你是春天信使
手持百花仙子赐的节杖

远处山顶那巨大风扇
是给春天制造光鲜亮丽的
舞台道具
这样才能让你
裙袂飞扬　盈袖暗香

我一介草民
以卑微的身份
立于你辉煌的宫殿之外
用高贵的
以及天赋异禀的灵魂
目送你走向
春天
和她的繁华明媚

我从云端坠落

在那个微风轻拂的中午
我从云端坠落
下落的速度比快乐更快

我是一条飞翔的鱼
我这次死亡
无法搭救
我的死亡与地球引力无关
只是和大地一次沉重的体贴
一次无法拒绝的体贴

我在缥缈的云端俯视
原野辽阔　大山葱茏
月湖和星湖像鸡公山的眼睛
停车场如大地的补丁
报晓峰像鸡公山坚挺且饱满的乳房
另一只在篱笆寨
被云彩像棉花一样覆盖

利用下落的时间
我想重新学会爱恋
学会自由呼吸
我还想学会哭泣
并流下清澈的泪水
一切都是虚构

灯火明亮而孤独
道路狭长而逼仄
我被黑挟持到角
接纳隔世的离伤

焦虑与惘然
自命不凡
一场爱恋
连同春天购买的风衣
被夏之夜风揉皱

都可以再来一遍
我明白真相
这一切都是虚构
如有雷同
纯属偶然

夏天将要远去

夏天将要远去
我从梦中醒来
阳光日渐疲惫
导致时光慵懒
我在夏天最后时段
种植忏悔和宽容

欲望同鸡公山山路旁梧桐叶
慢慢老去
无眠辗转又反侧
慢城站的路灯亮着
把往事一一排列

火星慢慢从西方下落
再等上几个时辰
我从深深的黑夜里
偷一段时光
赠给白天
跟夏天做一个有仪式感的告别
成为今夜仰望星空的
唯一借口

龙袍山下午茶

下午四点
我在龙袍山顶喝茶
喝茶不是目的只是手段
目的是和你分享黄昏的秋天

错过了一个错过雨水的夏季
森林里
不落叶的 落叶的和正在落叶的树
把美好的种子放早已约定
在烂石之中
那神奇的东方树叶
奇妙的口感
一直在追随
上一个春天

泉水和茶叶和杯子和壶和其他
在寂静中醒来
炉火明亮
还原时间的光泽
深色的壶
用复古召唤着时尚
杯水的冲腾与流转
同心而离居
水如我心潮
叶如你辫子上的蝴蝶结

今天下午
杯和水没有发生爱情
杯子摆着水的造型
水填充着杯的内涵
把最后一次彼此的敬畏
在口中把玩暧昧的味蕾

两杯清茶
面对面放着
散发着香味和云朵
映照着斜阳
没有拥抱也很温暖
龙袍山泉
用一壶沸腾的冲泡
释放整个春天

生活的不堪夹杂着惊喜
苦涩后的甘甜回味
裹挟着现实的难以启齿
虽然你说秋明年还来
但我依然有点忧伤

趁着阳光还有些兴奋
我想再重声一遍
喝茶不是目的只是手段
只想和你分享黄昏的秋天

谢桃园我美丽的乡愁

是诺亚按照指示造的方舟
在这里迷了路
还是外星空的 UFO
流浪到了地球
是弯弯月亮船
在银河里搁了浅
还是重现了魏晋以来
那再也无人问津的桃花源头

谢桃园啊
我可爱的家乡
谢桃园哟
我美丽的乡愁

梦的春天里
大田畈的白鹭鸟儿哟
飞呀飞 飞过了绿田畴
高塘洼边的短笛儿哟
吹呀吹 吹近了黑耕牛
红红的香椿芽
紫紫的云英草
黄黄的菜花头
青梅竹马我那爱笑的小丁香
怎么又牵着我的衣袖

梦的夏天里
那大胡冲的柳絮风啊
迷呀迷　迷了你的眼
那小胡冲的莲花雨啊
润呀润　润了我的喉
甜甜的沙瓤瓜
水水的青萝卜
脆脆的莲丝耦
穿开裆裤的儿时小伙伴儿
怎么又约我去绊跟头

梦的秋天里
扇子塝那里金灿灿的稻穗啊
笑啊笑　笑得直不起来了腰
龚家寨的枫叶啊
映呀映　映红了游子心上秋
香香的桂花蜜
醇醇的菊花酒
暖暖的红枣粥
儿时的歌谣
怎么又响起在我梦里头

梦的冬天里
土门塆的暖阳哟
照呀照　照着了你的脸
潢河畔的雪花哟
白呀白　白了我的头
长长的冰凌挂
旺旺的兜子火
肥肥的砂罐肉
满目慈祥的老母亲

怎么又在灯下给我缝衣扣

白墙衬着青灰瓦
雨丝撩开相思扣
岁月弯成石拱桥
青春奔腾溪水流
日久他乡即故乡
跫音再起家门口

乡关万里
梦里依稀
满眼琉璃

家园何方
排解忧伤
一地月光
总把乡愁在我的脑海深深珍藏

下一次相聚和别离
请把我抱紧
让我把思念收割打捆
把爱恋截个满屏
把岁月浆洗缝补
把旧时光再次刷新

乡愁哟乡愁
你是一轮冰凉的明月
　　一壶暖胃的烧酒
你是一封落泪的家书
　　一条唱歌的河流
乡愁哟乡愁

你是一幅黄昏的剪影
　　　一排西山的云岫
你是一声珍重的叮咛
　　　一行大雁排成的秋
乡愁哟乡愁
你是一树墙角盛开的梅花
　　　　一支路边折断的杨柳
你是一缕炊烟飘过屋顶
　　　一生执着的守候

乡愁哟乡愁
你是我夜夜梦境的来源
你是我岁岁如初的情窦

谢桃园啊
你的温柔怀抱
我从未远离
天有多高
向往就有多高
路有多长
牵挂就有多长
我的背景
也从未远离
你的目光
指引我前进方向
你的慈爱
温暖我苍凉的胸膛

我站在天台之巅
极目楚天
群峰苍苍

思念重叠

我站在潢水之畔

低眉轻叹

河道弯弯

思念缠绵

我知道

我欠你一首抒情的长诗

来题记你这幅画卷的山水传奇

谢桃园啊

我美丽的家乡

我不老的乡愁

月满故园情

日落游子心

乡音何曾改

不忘最初心

谢桃园啊

我的青春慢慢远逝

优雅而体面的老去

而对你的依恋

铭心刻骨

历久弥新

注释：

①谢桃园，位于新县吴陈河镇，村庄四面环山，一水中流，状若舟楫。

幽兰清香

夜雨之歌

闪电
是夜晚天空的伤口
雷鸣
是其疼痛的呐喊
我却在暴风雨中安睡
雨呀
你这云朵无色透明的血液啊
因为漫长的冰凉下落
却被人们冷漠地称为
雨水
或雪

冬天将要远去

冬天将要远去
春天就要来临
阳光在慢慢改变空气的味道
冷风吹动着落叶
却吹不走泥土的沉重

夜的星空暗淡苍茫
除却武胜关顶
通明的灯火
还在点亮着繁华

我把未修饰的诗句
在夜的天空
来回涂抹成桃符
当忧怨长得很高
我突然莫名地憎恨起来
我一直喜爱着的冬天

关顶
切换着手机
漫游的信号！
路障
阻断着物理的距离
让一座
见惯了生死别离的关隘

体味着温情的冷漠

山腰高高的铁塔
让信号满格
我趁着寒风这会没有呼啦啦的响
给春天去了个电话
喂
春天你好
我在武胜关南坡等你

有些人

有些人
是惆怅的
在夜的灯火里
走失

鸡公山慢城站

这是一个
中途小站
人们从来的地方来
到去的地方去

从钢筋混凝土的城市
到岩石混泥土的森林
在铁轨两旁
开着黄色花朵的蒲公英
有的已经白了头
我依然感到温凉悄然
慢慢远逝的冬
有着太多雨水
让泥土湿润饱蘸

我只是一位
没有底薪的临时季节工
我不会告诉你真正的理由
来解释我放弃了写诗的原因
在这里验票
因为这不重要

请出示你的有效证件
除了春天
禁止通行

遂想起
报晓峰顶上的小草
触摸到了
白云
我淡淡的忧伤
在风中
飘

韦家沟

夏天真没必要
在韦家沟浪费太多颜料
把一湖清池弄得如此迷彩

清晨从龙袍山飘来的
云朵
到韦家沟来遛弯
没有注意到禁止戏水的标志
不慎落入湖中

远远的那片田野
阡陌纵横
熟悉而又陌生
如子行和段落不齐的
像父亲留下的
散文诗

我一无长物
那几亩开地最旺的
是我丰盈的
自留田
是那十几亩长势喜人的稻田

我坐在草坪上
防护坡上的网格

如思念
龟裂如片
也如生活之网
有气无力地
打捞着欲望

耳边轻柔的风
如婴儿皮肤般柔软
从旁边森林发出
刷刷的声音
是我一直钟爱的单曲循环

我有理论依据
来论证这湖中可装下
一千个伤心的理由
和一个快乐起来的借口

未有先向往的远景
总以为到了站
从荆条丛生的山坡
通往报晓峰顶
是我坚守的不二法门

韦家沟
定格为屏保
用这无滤镜的画面

寒露夜宿云上居①

寒露不是等闲日，
秋风渐起悲凉意。
雄鸡化石千山里，
欠我五更一声啼。

注释：
①云上居：鸡公山景区酒店，位于防空洞广场。

秋登龙袍山龙顶石

雁阵最远列衡阳，
旧梦离别在霜降。
不识西风激将法，
满山秋叶着红妆。
雄关古道林莫莫，
龙袍山顶草茫茫。
谁人与我酩酊醉，
芳樽酙满莫浅尝。

九月九日登和静砦

登高和静砦，
秋色染古墙。
我歌喜慷慨，
不做悲凉唱。
平素多险句，
化作离别腔。
明日三关道，
秋风吹道长。

朝天河漫步有感

石在千山抬望眼，
水清无波映群峦。
草长幽谷来远香，
风生陡崖生近寒。
花湿香沉聚蜂蝶，
雾浓风清开杜鹃。
谁言九曲溪水浅？
朝天河水水朝天。

咏滴水崖瀑布

九渡沙河自南田，
豫楚青分鸡头山。
清凉古寺清凉界，
萝裙荡瀑萝裙衫。
冯谖①无事歌长剑，
望帝②有心泣杜鹃。
问君可识流水音，
舍身玉碎化碧潭。

注释：

①冯谖：战国齐国人，孟尝君门客，眼光深远，为孟尝君"薛国市义"，营造
"三窟"。

②望帝：相传商朝时蜀王杜宇称帝，号望帝，治水有功，传说死后化为杜鹃。

山高春晚登颐庐有感

（一）

鸡头茅草满，
宝剑月光怜。
云涛逆流涌，
料峭倒春寒。
莹光亮净土，
烟火拜济癫①。
灯笼灿宝树②，
齿屐③释疑患。

注释：

①济癫：济公，法号道济，南宋人，后人尊称"活佛济公"，人称"癫僧"。

②灯笼灿宝树：源于"谢家宝树"，原指谢玄（谢安的侄子），人才栋梁。宝树堂为谢氏一堂号。

③齿屐：指谢公屐、灵运屐，上下山可调节前后高度的木鞋。

（二）

博带三余尺，
不换一浊盏。
金玉九万石，
安抵半日闲。
景向①竹枝词，

何公②三关篇。
脉承东山堂③,
独崇曹子健④。

注释:

①景向:刘景向,字邍真(1886-1938),信阳人,著有《鸡公山竹枝词》。

②何公:何景明(1483-1521),信阳人,文学家,明"前七子"领袖。

③东山堂:谢氏东山堂,谢氏堂号,常把东晋谢安出仕以前的超脱精神称为"东山风度",把出仕为官称为"东山再起"。

④曹子健:曹植,曹操三子,文学家,七步能成诗,同其父曹操、其兄曹丕称为"三曹"。

(三)

荆条楚地外,
其名曰杂灌。
香草百里远,
其名曰草菅。
年少慕谢朓①,
启唐绝律先。
老来仿谢客②,
纵情山水间。

注释:

①谢朓:字玄晖,南朝齐杰出诗人,世称谢灵运为"大谢",谢朓为"小谢",开启唐代绝律之先河。

②谢客:本名谢公义,字灵运,也称"大谢",东晋杰出诗人、旅行家、道家,别称"谢客"、"谢康公"、"谢康乐",山水诗的鼻祖。

（四）

靳家有高楼，
豪气冲斗牛。
拾阶连云起，
登顶射银勾。
立揽一天水，
坐拥半山秀。
将军斯已逝，
浩气永存留。

（五）

仰天复长叹，
青山入笔端。
醉卧林下风①，
醒恣石上泉。
吾喜早春色，
谁与斜依栏。
靳家②门前路，
一地白玉兰。

注释：
①林下风：指赞扬有"咏絮之才"的谢道韫神情洒脱，有竹林名士风度。（谢道韫，东晋女诗人）
②靳家：指志气楼，此楼为直系军阀第十四师师长靳云鄂所建，又称颐庐、靳宅。

再登云水半山脚疾憩心有感

山野春色多饱满，
乡村四月少闲暇。
回首别君离伤处，
一树正开白槐花。

云水登高

（一）

春风太难缠，
别君送十里。
莫道浊酒浑，
能解愁肠气。

（二）

黄瓜花生米，
青葱鸭蛋泥。
酒风我第八，
何人敢左七？

（三）

国惑遣冯唐①，
苍生问贾谊②。
雄鸡飞高远，
流云折希冀。

（四）

村居烟渺渺，
杏花雨漓漓。
离恨长春草，
云水生天一。

注释：

①冯唐：汉文帝大臣，以孝行著称。冯唐易老，李广难封。形容老来难以得志。

②贾谊：西汉初年政治家、文学家，少年得志，与屈原并称"屈贾"，官至太傅，别称贾生、贾太傅。

咏云水寺樱花

残荷未醒池塘梦，
春风已绿向阳坡。
云水樱花如雪白。
一边盛开一边落。

山野无处不开花

春雨

细雨纷纷落谢桥，
朝天河滩青草苗。
春风一脸无赖相，
陌头戏扶杨柳腰。

注释：
①谢桥：谢桥村，位于李家寨镇。

冬日送友人

楚地一为别，
关山几重叠。
寒衣着实未？
门外正飞雪。

大年傍晚后山偶得

潢水绕新集[①]，
落日照金兰[②]。
未生凌风翰，
归卧谢桃园。

注释：
①新集：新县县城。
②金兰：金兰山，位于新集金兰村境内。

雪晴过武胜关怀古

登山望父姥[①]，
临风放纸鸢。
荒天草坪[②]绿，
石门库水蓝。
吟我芳草诗，
唯恐佳期短。
雄关锁钥道，
冬雪又一年。

注释：
①望父姥：望父姥山，鸡公山南，海拔 533 米，山下为湖北孝子店。
②荒天平：在老门和武胜关村，天然高山草甸。

咏泌阳白云山^①

（一）

东来一道是泌源，
四望天中^②更无山。
云似霓裳石如垛，
天似碧海水如天。
卦石^③磨砺屠龙刀，
铜湖^④萃取倚天剑。
马行千里驻此地，
只为寻访白茅仙^⑤。

（二）

白云山上白云垛，
朵朵白云伴闲鹤。
身处逍遥蓬莱地，
又怜天中驿城阁。

注释：

①泌阳白云山：驻马店泌阳县城东 30 千米，又叫白茅堵，海拔 983 米，驻
马店最高峰。

②天中：驻马店别称。

③卦石：即石八卦阵，因正面似八卦形状而得名。

④铜湖：铜山湖，又名铜山水库，AAAA 风景区，面积 74 平方千米，铜山，

鸡公山

让我在你怀中流浪

海拔 681 米。

⑤白茅仙：即白茅大仙，传说在白云山上。

再登和静砦

再登和静砦，
秋色染层峦。
白茅草凄凄，
红柿果繁繁。
不负白首心，
策马过三关。
缤纷梧桐路，
秋菊开正艳。

庚子立春前夕武胜关顶登高感怀

（一）

悠悠楚山①远，
空空幽谷寒。
白云飘九里②，
明月照三关③。
不叹千山远，
应怜雪未残。
清溪何款款，
涕泪沾青衫。

（二）

鸾鸟④悲镜影，
乌鹊⑤喜宅喃⑥。
多难兴邦国，
蒿目克时艰。
感怀抱病躯，
厉声策轩辕⑦。
春风何迟迟？
吹过武胜关。

注释：
①楚山：武胜关处于楚豫交界，古为楚地，故山名曰楚山。

②九里：九里落雁湖，在鸡公山、罗山、湖北交处。

③三关：古称义阳三关，武胜关居中，为关中之关。

④鸾鸟：即鸾凤，神鸟，瑞鸟，为楚人图腾。终会涅槃重生。

⑤乌鹊：指喻官位不高却高高在上的尸位素餐者。

⑥宅喃：指在家门口叽叽喳喳。

⑦策轩辕：策，赶车工具，轩辕代指马车。这里喻指赶马车，希望智慧勇敢的武汉及湖北人，向祖先一样，"筚路蓝缕，以启山林"（驾着简陋马车，穿着破烂衣服去开辟山林。曾经创造了世界第一大国和全世界人类文明的最高峰），艰苦渡过难关。

寒露日登报晓峰

白露为霜冷，
青丝经雪染。
借我双飞翼，
啼鸣五更天。

龙袍山茶诗

（一）

醉酒丽日短，
品茗夜梦长。
烂石生上品，
好雨出旗枪①。
暖阳聚青气②，
寒橐③散书香。
采撷王孙草④，
冲泡好春光。

（二）

野径樱花粉，
庄园玉茗⑤黄。
一瓢弱水煮，
两袖清风扬。
天门陆鸿渐⑥，
义阳⑦陈家郎⑧。
偶逢青霞客⑨，
误入白云乡⑩。

注释：
①旗枪：指毛尖茶一芽一叶。

②青气：指植物散发的气息，也指春天的气氛。

③寒橐：指简陋的袋子。

④王孙草：茶叶美称。

⑤玉茗：指像小小的凌霄花一样的茶芽。

⑥陆鸿渐：陆羽，天门人，有茶圣，茶仙之称。

⑦义阳：信阳古称。

⑧陈家郎：陈强，茶商，信阳鸡公山黄湾村人，企业家，爱心人士，少怀大志。

⑨青霞客：引指雅士，隐士，修道之人。

⑩白云乡：传说仙人居住的地方。

鸡公山颐庐记

庚子年秋，白露已过，秋分未至。游颐庐，拾阶而上，两袖迎风，双鬓染雪。时光野驴，恣肆撒欢，来山已廿三余年矣。登顶极目，多有感怀，予作文以记之。

予观夫万国建筑博览之胜状，在靳家一楼。连豫楚，分江淮，突兀秀挺，气压峰峦，首屈一指，鳌头独占。突显中西迥异风格，共享和谐人文自然。座落于奇山峻峰之间，依靠于秀水名邸之畔。此则争气楼之大观也！

然则斯楼，端正方庄，立陡崖于千尺；檐角高挑，显眉宇之轩昂。富丽堂皇，连云烟于无尽；鹤立鸡群，冲斗牛之星象。游廊高台，迎来风于八面；合掌尖拱，射浩广之穹苍。远山游龙，起绵延于大别；落霞彩凤，披翩跹之霓裳。坳雾疾飞，吐蜃楼于蓬莱；乍晴秋菊，散天女之花芳。随缘造化，含美感于图腾；奇思妙构，蕴新颖之遐想。砌石垒堞，取用材于本土；画栋雕梁，配彩璃之花窗。长桥曲路，通幽境于野趣；矮垣灰楼，映百年之时光。其百般之姿，苦于言表矣！

刻奔兽于左，寓福禄双至之禧；雕飞禽于右，享松鹤延年之寿。顶端莲蓬，含苞待放；底部覆钟，四曲穹帐；六轿步辇，显贵铺张。蝙蝠倒垂顶角，天降福祐；双狮蹲守门前，青云直上。匠心独具，心裁别出。依山就势，巧夺天工。石头史书，凝固音乐，其千种之态，难于明状矣！

忆往昔，岁月峥嵘，书声朗朗，齐唱五月鲜花，携手赴破国之同仇；泪雨沱沱，情念莘莘学子，掩面哀失土之齐辱；弹痕累累，心系难离故土，抱头哭丧家之共羞。东中流亡，狼烟遍地，辗转流离。依稀萧家港路上血腥夜雨，浉水河岸边惨烈冰霜，国恨家仇，妻离子散，痛定思痛，痛何如哉？

人留其名，岂计进退得失，生死荣辱；雁留其声，非恋潇湘暮景，边塞离情。焉有意而为之哉？非也，其本心使然也！

呜呼，天高万仞，空遣冯唐节符；地厚九重，浅埋诸葛病躯；俸米五斗，不折陶翁膝腰；薄命三尺，逍遥庄生泥龟。哀哉，前席夜虚，未问贾谊苍生之计；长铗归去，慢怠孟尝门下之客；玄都新贵，花落刘郎身后之树；江左宰辅，泪洒桓伊进谏之歌！

　　然，登高常自卑，行远必自迩。奈何虚空之竹，难成顶梁之柱。井底之蛙，空慕鲲鹏之志。闺房之秀，不带林下之风。沐冠之猴，岂共深远之谋。幸甚老马识途，倦鸟知还。奈何美人迟暮，齿豁蓬头，庭梧叶黄，悲风汩起。待鸡鸣中原，马超龙雀，凤舞九天于何年？感极而悲者矣！

　　登斯楼也，远眺极目，旷兮若谷。详端环顾，敦兮若朴。他乡宕子，归来少年。秋荷摇落，青鸟探看。灯笼灿树，阶庭芝兰。长风入君怀，诗情上碧天，其意满满者矣。

　　噫，千山顽石，终为根基之础；砥砺前行，未负韶华之春。进退维谷，不起悲凉之韵；左右缝源，常作谦卑之姿。

　　风起云涌兮，逆流成河；将军已逝兮，楼影斑驳；来者可追兮，傲气巍峨。

　　噫吁嚱，茅庐之谓，碾压异域楼宇于秒分；争气之名，彰显民族气节于千古；将军之风，留芳家国大义于万丈；辈出之才，奔走人间正道于沧桑。至若左仗宝剑之山，寒光闪闪；右出普济之泉，流水潺潺。三春下庭兰芝，状若白鹭；九冬上院翠柏，形若虬龙；仲夏窗外紫薇，艳若娇娘；季秋墙坡托盘，密若繁星。

　　时光荏苒，岁月不居。星移斗转，物是人非。四季更迭，名楼易主，风采齐颂，尊容共仰。睹物思人，触景生情。与有荣焉，歌以咏志：

靳家有高楼，
豪气冲斗牛。
拾阶连云起，
登顶射银勾。
立揽一天水，
坐拥半山秀。
将军斯已逝，
浩气永存留。

借我神来笔，
绘就山水卷。
酒风吾第四，
何人敢左三？
仰天复长啸，
啼泪沾青衫。

临风怀靳公，

磊落正衣冠。

嗟乎，皓月当空，金樽长照。今夜露白，秋思谁家。鸡公报晓，引吭高歌。旭日东升，霞光西散。佛光再现，玉楼重辉。颂盛世之昌运，赋时代之华章。然吾常梦中凌风，假借双飞彩翼；夜深起舞，啼鸣五更长天。或悲或喜亦或二者兼而有之，何哉？云中作诗，孤傲犹记初心使命；泥里生话，位卑仍念家国情怀！噫，微将军，吾谁同醉？

注释：

1. 颐庐：又名争气楼，志气楼。位于鸡公山南北街的陡上。1921年至1923年建。为直系军阀第十四师师长靳云鹗所建。靳云鹗字颐恕，得名颐庐。当时鸡公山外国别墅林立，严然"公共租界"，靳云鹗来山看了气愤不已，强建此楼，大长国人志气。颐庐是鸡公山首屈一指的别墅。

2. 斗牛：星宿名。斗宿，牛宿。

3. 大别：大别山，西北东南走向，雄居皖鄂豫鸡公山属于大别山余脉，连接桐柏山，犹如`""二龙戏珠"。

4. 五月鲜花：抗战歌曲《五日的鲜花》，光未然填词，阎述诗谱曲。阎述诗为东北流亡中学教师。

5. 东中：东北中学，流亡于鸡公山，在现在的志气楼。张学良为校董事长。东中人才辈出。

6. 冯唐：西汉人，车骑都尉，汉文帝汉景帝朝为官。武帝即位，征贤良，众人举荐冯唐，这年冯唐已九十余岁。

7. 诸葛：诸葛亮，三国蜀国人，字孔明，号卧龙，蜀国丞相，古代有名的军事家，政治家，是传统文化忠臣和智者的代表，病死于宝鸡五丈原。

8. 陶翁：陶渊明，东晋人，子元亮，又名潜，杰出诗人，田园诗人鼻祖，蔑视功名富贵，不趋炎附势。不为五斗米向小人折腰，挂印辞职。

9. 庄生：本名庄周，战国中期著名思想家，哲学家，文学家。道家学派主要代表人物之一，与老子并称"老庄"。

10. 贾谊：西汉洛阳人，政论家，文学家。与屈原并称为"屈贾"。汉文帝召其问鬼神之事。

11. 孟尝门下之客：指孟尝君的门客冯谖。孟尝君，田文，战国四公子之一。冯谖，为孟尝君"薛国释义"，营造狡兔三窟。

12. 刘郎：唐朝诗人，刘禹锡，字梦得，文学家，哲学家有"诗豪"之称。此句引用《元和十年自朗州至京戏赠看花诸君子/玄都观桃花》和《再游玄都观》之典故。

13. 江左宰辅：东晋人，谢安，字安石，东晋政治家，名士。

14. 桓伊：东晋名将，名士，音乐家，笛子圣手，字叔夏，本诗引用他为谢安向孝武帝高歌进谏。

15. 林下之风：指有才干，有才华，有诗韵，有风度之女子。出自南朝宋刘义庆《世说新语.贤媛》。

16. 沐冠之猴：比喻虚有其表。出自《史记.项羽本纪》。

17. 老马识途：比喻有经验的人对事情熟悉。出自《韩非子.说林上》。

18. 倦鸟还林：比喻在外漂泊多年疲惫的人回到家里。在此喻知进退。

19. 马超龙雀：东汉铜奔马，别称马踏飞燕。中国旅游业标志，喻鸡公山旅游腾飞。

20. 秋荷摇落：喻谦让精神。引自郑板桥《秋荷》。

21. 青鸟：三足神鸟，西王母信使，也是凤凰的前身，理想的寄托。

22. 灯笼灿树，阶庭芝兰：

23. 普济：普济泉，在南街，过去一直为山上居民用水。

24. 宝剑：宝剑山，于北街北岗之间，现在是鸡公山山上入口。

25. 虬龙：古代传说中一种有角的龙。

26. 托盘：蔷薇科悬钩子，果实红色，味甜酸。

27. 金樽：樽，古代盛酒器具，金樽，酒樽的美称！

后记

    鸡公山管理区下辖李家寨镇、鸡公山街道办事处、武胜关街道办事处筹建处、鸡公山风景区旅游管理有限公司、鸡公山自然保护区。这只是行政归属。然鸡公山更是一个地理的范畴，文化的范畴。鸡公山拥有丰富的自然资源和人文资源

    鸡公山国家中单风景名胜区是以自然景观为主，人文景观为辅，兼观光、疗养、科研、避暑、度假为一体的山岳型风景名胜区。

    2000 年所铸的世纪钟，其铭文最能给鸡公山以饱满诠释。"古申信阳、三省通衢，扼两淮而控江汉，襟荆楚而摛中原，东西经济交融，南北文化荟萃。豫南鸡公山，青分楚豫，气压嵩衡，为国内四大避暑胜地之一。百年以来，若国运之兴衰，历岁月之沧桑。雄鸡一唱，东方既白。斗转星移，景象万千，尤以近二十年成效为彰。适逢千禧，岁在庚辰，鸡公山管理区成立，幅员拓展，新制开启。继承与创新并举；开发与保护并重。玉楼重辉，赋时代之新篇；佛光再现，颂盛世之昌运。假以时日，名山秀水，当称著国内，驰名海外。世纪更迭，继往开来。百业正举，气象万千。铸钟明志，共襄盛举。其铭曰：大别苍苍，淮水泱泱。豫风楚韵，源远流长。三关雄峙，长风鼓浪。世纪钟鸣，雄鸡和唱。壮我胸襟，拥抱辉煌。"

    和鸡公山的这段缘分开始是在二十年以前，那会儿刚刚大学毕业，同学们各奔四方，全无天之骄子的优越，反而倍感就业压力。国内旅游发展势头很猛，旅游专业在大学中开始兴起，我正赶上河南大学首届。当时毕业后进入星级酒店或者旅游公司就业，无奈身高不够，英语水平低，特别是口语不好，屡屡碰壁。又因为我是父母的小儿子，父母希望我能留在身边，就这样在几经辗转中来到了鸡公山工作。

    20 世纪 90 年代的鸡公山，条件还十分艰苦，当时倍感无奈和失落，但为了不让父母担心，一直报喜不报忧。

    每次情绪低落之时，常一个人站在北岗观鸡台或报晓峰上，极目远眺，一声长叹，几声长啸之后什么烦恼都会忘得干干净净，并陶醉于鸡公山变幻莫测的风

景之中。

"鸡头石在千山里，芳草诗传亦有名""楼阁连云看不尽，堂皇毕竟让颐庐"古人这些诗句，像一剂药剂，可以让人触景生情，可以疗伤。

人生啊，短暂而又漫长，除了事业、家庭、梦想，还应该有情怀，不是么？

有了情怀，平凡的工作也不会乏味。

有了情怀，爱情可以保鲜。

有了情怀，才可以以梦为马。

有了情怀，卑微亦不敢忘家国。

有了情怀，眼前未必真苟且，诗也未必尽远方。

山寨桃花，武胜雄关，撞子明月，唐杏秋润，吴家老宅，萝裙飞瀑，金顶雪霁，茶溪春早，龙袍烟雨，云水钟声……

这方圆近百公里内，除了鸡公山风景区外，我认为李家寨是最具代表性的景色，姑且称之为"李家寨十景"吧。

走在山间的路上，溪水如爱情般清澈，我一直在享受田野的丰腴和辽阔。再也不用低吟浅唱古人"我本将心照明月，奈何明月照沟渠"的诗来慰藉内心。"谁言九曲溪水浅，超天河水水朝天"

人生多风雨，岂能尽如人意，何必隐藏悲伤。道路很长，风景很美。既有灿烂辉煌，也有暗淡苍茫，也有一地洁白月光。

我走在鸡公山林间的路上，拾起那遗落的诗行。

感谢

感谢为此书初稿打印时给予帮助的我的同事李兴东、王卓、楚云天等，感谢郇玉峰院长给予的帮助，特别感谢老艺术家易嘉勋教授无偿提供的配图。